LES SOLEILS DE MÉRICOURT

TOME 2

Louve

MARIE DE PEYRAC

Cherry Publishing

Pour recevoir une nouvelle gratuite et toutes nos parutions, inscrivez-vous à notre Newsletter !
https://mailchi.mp/cherry-publishing/newsletter

À ma sœur, Marie-Laurence. Je suis sûre que si tu as rencontré le Régent au Paradis, vous vous entendez comme larrons en foire et que vous mettez un sacré dawa là-haut !

CHAPITRE 1

Où Athénaïs fait une incroyable révélation et où Florent a enfin des nouvelles de Josselin.

Bordeaux, Avril 1717

Rien ne pouvait surmonter l'éclat du regard doré de Louve après une nuit d'amour, pas même le soleil levant.

Lambert Faux, herboriste de son état, bénissait chaque jour le Dieu de miséricorde de s'être arrêté dans une clairière pour sauver une jeune paysanne de la mort par empoisonnement. Depuis, tout dans sa vie n'était que bonheur.

Elle ouvrit les yeux, visiblement un peu déconcertée, mais retrouva le sourire en voyant son amant.

— Que ce jour soit celui de ta chance et te donne prospérité dans ton commerce comme dans tes amours ! dit-elle.

Lambert attira le jeune corps contre lui qu'il ne se lassait pas de combler nuit après nuit.

— Mes amours se portent fort bien depuis que tu partages mon lit, ma fée verte des forêts, répondit-il.

Elle se mit à rire. Tandis qu'il se levait pour préparer du café, il demanda :

— Comment t'y prends-tu pour passer toutes tes nuits avec moi, sans que ton père ne s'en aperçoive ?

Louve se leva et passa un déshabillé.

Ses longs cheveux coulaient le long de son dos.

— Depuis que ma sœur est devenue la putain officielle du duc de Mérac, mon père aurait mauvaise grâce à me cloitrer. De plus, je soupçonne mes parents d'espérer un mariage entre nous.

Lambert ne put s'empêcher de glisser :

— Je suis tout prêt à t'épouser, Louve.

Elle secoua la tête.

— Ne sommes-nous pas heureux ? Pourquoi risquer de compromettre notre bonheur ?

L'herboriste se rembrunit. Il savait que pour sa maitresse, le mariage n'était point envisageable. Après avoir manqué mourir de vouloir préserver sa liberté, elle s'était jurée de ne plus jamais vivre sous le joug d'un époux.

Malgré son adoration pour elle, la bonté innée avec laquelle il avait à cœur de la traiter et le plaisir qu'ils tiraient tous deux de leurs étreintes, il semblait évident que Louve ne lui appartiendrait jamais comme il le souhaitait.

Elle se tourna vers lui et lui dédia son regard le plus fervent. Le cœur de Lambert fondit à nouveau. Il lui tendit une tasse de café.

— Je dois t'abandonner, ma mie, à mon grand regret ! Me rejoindrais-tu pour le déjeuner ?

Louve s'approcha de lui et l'embrassa.

— Avec le plus grand plaisir, mon doux ami. Je rentrerai chez mes parents après notre repas. Il est d'ailleurs possible que je passe à Méricourt, voir comment se porte Alix et Florent.

Lambert se tapa sur le front.

— Suis-je né l'idiot de mon village ! Une lettre est arrivée hier, par l'entremise d'un coursier. Je l'ai laissée à *l'herbe folle.*

Il sourit, malicieux.

— Elle vient de Montevideo et est adressée à notre ami. Nul doute qu'il l'attende avec la plus grande impatience !

Louve opina.

— Florent se meurt de tristesse, dit-elle gravement, cette lettre lui apportera l'espoir de revoir l'objet de son amour.

Lambert, qui buvait son café, opina.

— Les amours impossibles sont bonnes et belles à lire, dit-il, mais hélas ! Elles sont bien plus douloureuses à vivre ! Je plains sincèrement notre ami.

— Ses parents ont eu la sagesse de ne point le forcer à s'unir à Alix, enchérit Louve, mais le voilà bien seul.

Elle tortillait ses mèches acajou en réfléchissant.

— Lambert, dit-elle, je me fie à ton jugement. Penses-tu qu'il y ait un endroit sur Terre où Florent pourra vivre cet amour ?

— À la cour du Régent, répondit Lambert, protégé par messire Philippe, qui l'affectionne. Sur le navire de son aimé, loin de toutes les lois terrestres. Dans tous les cas, un choix s'impose à lui.

— Lequel ? demanda Louve.

Lambert soupira.

— Le plus douloureux : Méricourt ou Josselin Kervadec. Il lui sera impossible de garder les deux.

Songeur, il ajouta :

— Pour le moment, Florent rêve cet amour plutôt qu'il ne le vit. Je doute qu'il se rende compte du déchirement qui le guette.

Attristée, Louve regarda la foule bordelaise passer sur les quais.

— Pauvre Florent, murmura-t-elle, pourquoi le monde est-il si injuste pour ceux qui s'aiment d'un amour véritable ?

— Je l'ignore, ma douce, répondit Lambert, et je souhaite qu'un jour naisse un monde où l'on puisse s'aimer sans contrainte. Mais hélas ! Florent et Josselin ne le verront probablement pas.

Louve se détourna de la fenêtre.

— Tu es fort pessimiste, dit-elle, j'espère que ce jour viendra.

Lambert sourit sans répondre, souhaitant de tout cœur que sa belle eut raison.

***

Au même moment, à Méricourt.

Athénaïs Lancenac, comtesse de Méricourt, avait toujours été une femme de tête avant d'être une femme de cœur. Elle avait trouvé en Thibaud de Méricourt, seigneur du comté le mari idéal. Tous deux s'aimaient sans passion destructrice, préférant les raisonnements aux élans passionnés et irrationnels.

Peut-être était-ce pour cela qu'elle n'éprouvait aucun doute.

Tandis que sa chambrière l'aidait à passer sa robe volante, (que le ciel remercie Madame de Montespan de cette mode si pratique !) elle pensait à Philippe d'Orléans, monseigneur le Régent.

La petite vie qui grandissait en elle n'était pas le fruit de son union avec Thibaud.

Elle portait l'enfant bâtard du Régent.

Lorsque Lambert lui avait annoncé la merveilleuse et inespérée nouvelle de sa grossesse, sa joie et celle de Thibaud avait été trop intense pour qu'elle réfléchisse aux dates, aux circonstances et à ses fougueuses étreintes avec Philippe d'Orléans tandis que son mari se consacrait à son ancienne maitresse, Ninon de Lorme.

Elle ne pouvait lui cacher plus longtemps la vérité.

La porte s'ouvrit, tandis qu'elle rêvassait. Son mari entra et déposa un baiser sur sa nuque.

— Bonjour, ma mie, dit-il, vous êtes superbe. Cet enfant vous réussit.

— Laissez-nous, ordonna Athénaïs à ses suivantes.

Elle s'assura de la complicité de son miroir. Sa chambrière l'avait coiffée simplement. Deux boucles blondes encadraient son visage. Le bleu de sa robe mettait ses yeux en valeur. Son teint était rosé et sa peau semblable à celle d'une pêche. Thibaud avait raison : cet enfant lui réussissait.

— Mon ami, dit-elle courageusement, je vous dois un aveu fort difficile…

Thibaud leva la main.

— L'enfant que vous portez n'est pas le mien, mais celui de monseigneur le Régent.

Sous le choc, Athénaïs manqua tomber sur son fauteuil.

Amusé, Thibaud lui dit :

— Durant cet hiver, vous avez partagé sa couche et négligé la mienne. Je ne vous reproche rien, ma douce : je me suis senti fort honoré des faveurs dont son Altesse nous combla. Il est donc évident que cet enfant est le sien et non le mien.

Tête baissée, Athénaïs déclara :

— Thibaud, vous savez combien je vous aime. Cet enfant est un miracle et j'espère de tout cœur que vous l'accueillerez comme le vôtre. Cependant, il mérite les égards dus à son rang.

Thibaud s'assit sur l'autre fauteuil.

— Vous parlerez de lui à son père ?

Athénaïs hocha la tête.

— Cela me semble nécessaire.

Thibaud caressa son ventre gonflé, sous sa robe volante.

— Ma mie, dit-il gravement, je considère cet enfant comme le mien et je ne souhaite pas qu'il soit élevé dans l'indifférence et la débauche. J'aime cette cour, mais il doit être élevé comme Florent : à Méricourt, dans le bonheur et l'innocence.

À l'évocation de leur fils, le beau visage d'Athénaïs s'assombrit.

— Le bonheur et l'innocence ? demanda-t-elle, qu'en reste-t-il à Florent ? Le voilà qui traine une figure de Carême.

Spontanément, elle passa ses bras autour du cou de son époux.

— Ah, Thibaud, vous êtes un sage ! Notre futur enfant passera son enfance à courir les bois, vêtu comme un jeune paysan, sous la douce férule de Perle et la tendresse et le dévouement de nos serviteurs. Florent lui apprendra à galoper pendant des heures et il sera heureux.

— Et si c'est une fille ? la taquina Thibaud.

Athénaïs haussa les épaules.

— Elle courra les bois et galopera pendant des heures, habillée comme un jeune paysan !

Les deux époux éclatèrent de rire. Puis, Athénaïs redevint sérieuse.

— Je me demande comment se porte notre fils.

***

Florent de Méricourt était, jadis, un jeune homme joyeux, adoré de tous et passant toutes les minutes de son temps à jouir de son existence de jeune noble sous la Régence.

Il regrettait parfois l'insouciant cavalier qui arpentait les terres de Méricourt avec Perséphone, poussant fréquemment jusqu'au Duché de Mérac, où son amie Louve lui avait offert une initiation sensuelle dont il se souvenait toujours avec tendresse.

Cependant, rien ne le bouleversait plus que le souvenir du baiser de Josselin, près de la fontaine du Palais Royal.

Il portait sur son cœur la lettre de son bien-aimé, ainsi que la fausse émeraude qu'il lui avait offerte.

Josselin l'aimait et reviendrait le chercher. Seule cette perspective lui donnait la force de continuer à vivre loin de lui.

Grace à Lambert, qui connaissait les marins qui partaient de la Garonne pour rejoindre la mer, il avait réussi à faire parvenir une lettre à Josselin.

Le texte était encore tout frais dans sa mémoire.

Josselin, mon corsaire,

Recevoir ces mots de ta main m'a mis dans un état que je ne peux décrire. Je me mourais lentement, sans toi, résolu à épouser Alix et à consacrer mon existence à donner un héritier à mon cher domaine.

Mais voilà que tu reviens ! Voilà que tu me dis que tu m'aimes, que tu ne peux renoncer à moi !

J'ai parlé de notre amour à mes parents et les ai implorés de ne pas me contraindre à épouser qui que ce soit. La chance est de notre côté : ils ont accepté.

Je ne peux guetter la mer, je guette donc la forêt et prie le Dieu de miséricorde, qui ne peut qu'approuver cet amour qui est le nôtre de te ramener à moi.

À toi pour toujours,

Ton Flo.

Presque un mois s'était écoulé ! Aucune réponse n'était parvenue.

Peut-être Josselin, malgré ses promesses, s'était-il laissé griser par sa vie sur la mer. Il relisait à s'en faire saigner le cœur le passage où son corsaire lui parlait des garçons qu'il faisait monter aux escales.

Probablement avait-il oublié son petit noble aux prunelles vertes.

Au loin, il aperçut la chevelure noire d'Alix, qui s'avançait vers lui, accompagnée d'une autre personne. Il reconnut Louve avec joie. Dans cet état d'attente exaspérant, il accueillait la moindre surprise avec plaisir.

— Florent ! cria son amie, j'ai une lettre pour toi !

Sans réfléchir d'avantage, le jouvenceau courut vers elle.

Louve lui tendit la lettre, avant même de le saluer.

L'écriture de Josselin ! Il se précipita aux écuries où Perséphone l'accueillit en piaffant.

— Tout doux, ma belle, dit-il, je ne suis pas venu pour te chevaucher…

Il s'assit sur une botte de foin et commença sa lecture.

Flo, mon poison violent, mon petit noble aux yeux verts, mon amour,

Quel bonheur de lire ta promesse de ne jamais te marier ! Tu as raison, la chance est de notre côté puisque tes parents n'ont pas méconnu la puissance de notre amour.

Tu me manques au plus profond de mes os, de ma peau, de mon cœur. Le service de monseigneur le Régent m'amène dans les frimas du Canada où j'espère trouver des fourrures. Je t'imagine à mes côtés vêtu d'un manteau d'hermine puis plus tard, nu sous une couverture, à l'instant précis où je te ferai l'amour, besoin qui me tenaille de plus en plus intensément.

Flo, comment continuer à vivre sans toi ? La Rose de Saint Malo ne prendra pas la route du retour avant un bon mois. Je te jure sur la tombe de ma mère qu'à l'instant où mon navire sera solidement amarré dans le Port de Saint Malo, rien ne m'empêchera de galoper jusqu'à Méricourt, pour t'emmener.

Je t'emmène partout avec moi et je te fais serment d'être bientôt là.

Ton Josselin, à tout jamais.

— Bientôt là ! répéta-t-il avec ivresse, bientôt là !

Il rangea précieusement la missive, tout près de la précédente.

Il trouva Alix et Louve, assises sur un banc en pierre.

— Florent, le taquina Louve, si je me fie à votre immense sourire, je pense être porteuse de bonnes nouvelles !

Il l'embrassa spontanément sur la joue.

— Tu ne peux t'imaginer à quel point ! répondit-il, je suis tellement heureux que je ne peux le contenir.

Alix regarda son ancien fiancé, qui semblait sur le point d'exploser sur place.

— Florent, soupira-t-elle, c'est joie de vous voir si heureux, mais ne croyez-vous pas que l'amour vous aveugle et vous empêche de voir…

— Bonjour, Florent, bonjour Louve, bonjour…

Ghislain qui venait de la forêt, s'inclina devant elle et lui baisa la main.

— Damoiselle Alix. Me feriez-vous l'amitié d'un brin de conduite ?

Alix rougit.

— Avec plaisir, Ghislain.

Le jeune homme lui donna le bras. Tandis qu'il s'éloignait, Florent lança :

— Alix, que disiez-vous sur l'amour qui aveugle ?

Louve et lui éclatèrent de rire. Puis Florent reprit son sérieux.

— Vous me voyez bien envieux de votre bonheur, dit-il, que ne donnerais-je pour me promener dans les bois de Méricourt avec l'élu de mon cœur !

Il sourit à Louve.

— Comment se porte ton cher herboriste ?

— Fort bien, répondit Louve, ses affaires, tant que ses amours, que je me plais à incarner se portent comme le Pont Neuf !

Ils marchèrent quelques instants dans le jardin. Puis, Florent demanda :

—Avant l'arrivée impromptue de Ghislain, que voulait me dire Alix, selon toi ?

—Je l'ignore, avoua Louve, crois-tu qu'elle soit au courant pour…

Elle regarda autour d'elle et souffla :

—Josselin Kervadec ?

Florent secoua la tête.

— Je l'ignore, Louve. J'ai le sentiment que tout le monde sait, mais que personne n'en parle.

Il regardait autour de lui, fiévreusement. Louve repensa aux paroles de Lambert : « Florent rêve cet amour plutôt qu'il ne le vit. Je doute qu'il se rende compte du déchirement qui le guette ».

—Peut-être, répondit-elle, songeuse, mais fais-moi une promesse. Tu es mon ami et je me soucie de toi. Prends garde à toi, Florent.

Il hocha la tête, visiblement ailleurs. Comme tous les amoureux du monde sa seule préoccupation était son aimé.

Le reverrait-il seulement ?

CHAPITRE 2

Où la petite sœur de Florent fait son entrée dans le monde et Alix entrevoit les délices de l'amour.

Octobre 1717

Lambert fut fort surpris de voir arriver le comte de Méricourt dans sa boutique. Il voulut s'incliner, mais Thibaud le releva.

—Ces démonstrations sont inutiles, cher ami. J'ai besoin de vos services d'herboriste. Comme vous le savez, ma bien-aimée épouse va prochainement accoucher et j'avoue être fort inquiet. Auriez-vous quelque médecine pour faciliter l'arrivée de notre enfant ?

Lambert fouilla dans ses étagères et sortit une fiole d'où se dégageait une odeur agréable.

—Voici une potion de fleurs de framboisiers, dit-il, elle simplifiera le passage de l'enfant. Je vous recommanderais également cette tisane à la fleur d'oranger qui aidera la comtesse à dormir et calmera ses bien légitimes appréhensions.

Spontanément, Thibaud donna l'accolade à l'herboriste.

—Vous êtes un homme précieux, Lambert et je tiens à vous prouver ma reconnaissance.

Il sortit une bourse emplie de pièces d'or.

—Voici de quoi acheter un bijou à votre dulcinée. Peut-être pourriez-vous lui offrir une bague de fiançailles ?

Lambert secoua tristement la tête.

—Croyez-bien, monsieur le comte, que c'est mon désir le plus cher. Mais il ne se réalisera probablement jamais. La femme qui a volé mon cœur refuse le mariage.

Thibaud était perplexe. Une femme qui refusait le mariage ?

Cette fille aux yeux de louve qui affichait sa position de maitresse officielle de Lambert avec une tranquille impudeur, éveillait sa méfiance. Peut-être était-ce elle que Florent aimait en secret. Après tout, elle l'avait initié aux plaisirs de la chair.

Il n'eut guère le temps de s'appesantir sur ces réflexions. Son fils surgit comme un boulet de canon dans la petite boutique.

—Père, père ! hurla-t-il, rentrez vite à Méricourt ! L'enfant arrive !

Jamais Hélios, le cheval du comte et la fidèle Perséphone ne galopèrent aussi vite que ce jour-là, mais les bébés sont parfois plus rapides que tous les chevaux du monde. Ce fut timide et rougissant que l'arrogant Thibaud de Méricourt entra dans la chambre de son épouse qui donnait son premier repas à leur nouvel enfant.

—Quel beau poupard ! s'exclama-t-il. Il parait affamé !

—Elle, mon cher, répondit tendrement Athénaïs, je vous présente votre fille.

Touché au cœur, Thibaud demanda :

—Comment allons-nous l'appeler ?

La comtesse lui sourit.

—Votre chère Marguerite m'a soufflé son prénom. Aglaé, comme la petite fille qu'elle a perdue. Qu'en pensez-vous ?

Bouleversé, Thibaud ne put qu'hocher la tête.

—C'est le plus beau prénom du monde, ma mie et cette petite fille…

L'émotion lui coupa le souffle. Il tomba à genoux.

—Merci, mon bel amour. Merci.

***

Alix sortit du château et prit la direction du bois.

Pour la première fois depuis son arrivée à Méricourt, elle se sentait étrangère à la joyeuse agitation qui régnait. Aglaé de Méricourt était la fille de Thibaud et d'Athénaïs, la sœur de Florent. Pour elle, elle n'était rien. Même pas une sœur de lait.

Une sourde panique irradiait dans ses veines. Et si la naissance de ce stupide bébé la renvoyait dans l'enfer du château de Mérac ?

Soudain, deux jambes vêtues de noir surgirent d'un arbre. Tout en rire et en fossettes amusées, Ghislain se tenait devant elle.

—Bonjour gente dame ! lança-t-il, je vous ai vue arriver du haut de mon perchoir. Votre tristesse m'a paru évidente, même de là-haut. J'en devine l'objet, mais n'en parlerai que si vous le souhaitez.

Il posa un genou à terre.

—Votre humble serviteur est à vos pieds, tout disposé à vous rendre le sourire. Voulez-vous que je chante ? Que je danse ? Que j'écrive un poème à la gloire de vos yeux bleus ?

Alix se mit à rire, amusée. Elle tendit la main à son chevalier servant.

—J'accepte votre proposition avec joie, mais je pense que m'offrir votre bras pour une promenade sera amplement suffisant.

Ghislain grimaça comiquement.

—Votre décision est sage, dame. Je danse et chante fort mal !

Il tendit le bras à Alix qui l'accepta, égayée.

Les bois de Méricourt avaient pris leur habit d'automne. Une pluie fine bataillait avec le soleil. Ces journées humides rendaient la présence de la mer si réelle qu'il semblait à Alix qu'elle pouvait la toucher.

—Ces terres sont les plus belles que j'ai foulées, soupira-t-elle, j'aimerais ne jamais avoir à les quitter. Quand je marche dans les couloirs de Méricourt, quand j'offre mes mains à sa grande cheminée, quand je me plonge dans l'eau chaude du bain ou que, comme aujourd'hui, je me promène dans ces bois, je remercie le Seigneur de m'avoir amenée ici. Je me sens plus comblée que sa majesté la Princesse Palatine elle-même.

—Vous avez raison, répondit Ghislain, vous êtes plus comblée que sa majesté elle-même car vous possédez un bien qu'elle n'a pas.

Troublée par l'intensité du ton de son compagnon, Alix demanda timidement :

—Et quel est-il ?

Ghislain s'arrêta, la prit par la taille et l'attira contre lui.

—Un homme qui vous aime, Alix, et qui, de toute son âme, ne souhaite que votre bonheur. Un homme qui vous désire et qui, quand vous viendrez à lui, n'a qu'un vœu : vous faire femme.

Avec une grande douceur, il posa sa bouche sur celle de la jeune fille.

Un ouragan balaya soudain toutes les craintes d'Alix. Elle répondit au baiser de son ami avec ferveur et maladresse. Sous les mains habiles de Ghislain, sa robe tomba sur le sol. Elle était devant lui en jupon, ses seins insolents se dressant vers sa bouche.

Il répondit à leur appel avec ardeur. Le gémissement qu'il tira de la jeune fille le remplit de fierté.

Ils glissèrent doucement sur le sol. L'intimité brûlante d'Alix s'ouvrit sous les doigts de Ghislain. Avant de céder, elle lui glissa à l'oreille :

—Mon doux ami, sache-le : je ne suis plus vierge.

—Peu m'importe de ton passé si tu me réponds de l'avenir.

En prononçant cette phrase qu'il ignorait issue du serment de la flibuste, Ghislain la fit sienne.

Ils reposaient encore sur la mousse des bois quand Alix dit :

—Nos ardeurs vont peut-être donner un nouvel enfant à Méricourt.

Ghislain qui la caressait tendrement, répondit :

—Je serai l'homme le plus heureux du monde si tu portes mon enfant.

Soudain, la jeune fille se redressa.

—Ghislain, je dois t'avouer quelque chose qui va peut-être te détourner de moi, mais même si tu pars, je garderai ton souvenir dans mon cœur à tout jamais.

Ardemment, le jeune homme répondit :

—Rien au monde ne me détournera de toi !

Ce fut plus gravement qu'elle répondit :

—Si je ne suis plus vierge, c'est parce que mon père m'a prise contre mon gré.

Ghislain tressaillit. Elle s'attendait à le voir se lever et disparaitre mais il la prit dans ses bras.

—Mon pauvre amour, quelle honte !

Fut-ce le choc du plaisir qu'il lui avait donné et les terribles souvenirs qu'il avait remués, Alix éclata en sanglots.

—Oui, balbutia-t-elle, oui, tu as raison. Une honte terrible… Une honte affreuse que je trainerai jusqu'à ma mort ! Peut-être devrais-je débarrasser le monde de mon impure présence !

Elle voulut se lever, mais Ghislain la serra plus intensément contre son cœur.

—La honte n'est pas pour toi, mais pour lui ! Il mérite de mourir cent fois. Abuser de sa fille est un crime qui lui vaudra la potence ! Voulez-vous que j'en parle au comte ? Je suis sûr qu'il…

—Non !

Alix s'était raidi dans ses bras.

—Ne dis rien, Ghislain, je t'en supplie, ne dis rien. Je ne souhaite qu'une chose : oublier tout cela et ne plus jamais retourner à Mérac.

Sombrement, elle ajouta :

—Peut-être que je vis mes derniers moments à Méricourt. L’arrivée de ce bébé…

Elle secoua la tête.

—Le comte et la comtesse désiraient une fille. L’arrivée d’Aglaé a comblé leurs vœux. Je ne sers plus… à rien !

Ses larmes recommencèrent à couler.

—Ma douce, murmura Ghislain, le comte et la comtesse de Méricourt vous affectionnent. Je gage mon âme qu’ils ne vous renverront pas à votre horrible père.

Il lui tendit un mouchoir.

—Essuie tes jolis yeux, ajouta-t-il, et ne te fais plus de soucis. S’il venait à l’esprit du comte ou de la comtesse de te renvoyer, Florent s’y opposerait de toutes ses forces. Lui aussi t’aime à sa façon.

Alix qui tentait d’agrafer sa robe, poussa un soupir.

—Dieu juste ! Je ne suis pas sûre de faire encore partie des préoccupations de Florent !

Ghislain hocha gravement la tête.

—Qui peut savoir où vont les préoccupations de Florent ?

Il déposa un baiser sur le sein d’Alix avant qu’il ne disparaisse sous la batiste de sa robe.

Un bruissement dans les fourrés attira leur attention. Topaze, le raton laveur apprivoisé d’Alix, surgit, provocant leur rire.

—Il veille sur ta vertu, ma douce ! remarqua Ghislain.

—Je crains qu’il n’arrive un peu tard !

***

Athénaïs dormait profondément quand Florent se glissa dans sa chambre. Il se plongea dans la contemplation de sa petite sœur, s'émerveillant de la perfection de ses petites mains, de ses merveilleux petits pieds et de la beauté qu'il devinait sur son visage rougeaud de nouveau-né.

Elle dormait paisiblement. Lui ressemblerait-elle ? Aurait-elle les yeux verts des Méricourt ou les yeux bleus de leur mère ?

—Petite sœur, dit-il gravement, je te protégerai toujours. Je serai toujours à tes côtés et comme jamais je ne donnerai un héritier à Méricourt, un jour, tout ce domaine que j'aime tant sera à toi.

—Florent, voudriez-vous venir un instant ?

Son père se tenait à la porte. Athénaïs se retourna dans son sommeil.

Il le suivit dans la vaste pièce où son père gérait les affaires du domaine et où il dormait quand s femme était indisposée ou qu'il ne souhaitait pas partager sa couche.

—Florent, dit gravement son père, j'ai involontairement entendu vos propos et je me dois de vous poser la question. Pensez-vous réellement ne jamais pouvoir donner un héritier à Méricourt ?

Florent secoua lentement la tête. Il savait que dès qu'il ouvrirait la bouche, la vérité tomberait, las qu'il était de garder ce secret trop lourd.

—Mon père, dit-il, je vais tout vous dire. J'aime un homme. Je l'ai rencontré à la cour de monseigneur le Régent et c'est celui à qui mon âme et mon cœur sont intimement liés.

Vous pouvez m'enfermer chez les jésuites ou dans le plus sombre et le plus humide des cachots de Méricourt…

—Méricourt ne possède pas de cachots, Florent, l'interrompit son père, amusé, mais continuez.

—Mon cœur ne changera jamais, même si vous me prenez pour un jeune fou inconséquent qui ignore tout de la vie et de l'inconstance amoureuse.

—Point du tout, mon fils.

Le visage du comte de Méricourt était d'une gravité inusitée.

—Je sais depuis beau temps, que vous êtes capable d'éprouver un amour sincère qui durera toute votre vie et ne changera jamais. De cela, je n'ai aucun doute. Vous aimez les hommes comme j'aime les femmes. N'est-ce pas le cas de Monsieur, frère de notre grand roi Louis XIV ? Son fils l'a-t-il moins aimé et moins respecté ?

Il observait son fils, debout devant lui. Il était immobile et buvait ses paroles.

—Florent, reprit-il, si vous aimez cet homme, personne ne pourra vous en empêcher. J'espère juste que l'autre amour de votre vie n'aura pas à en souffrir.

—De quel amour parlez-vous, mon père ? demanda Florent, étonné.

Son père ouvrit les bras.

—Méricourt, mon fils !

L'évidence frappa soudain le jeune noble.

Comme il l'avait dit un jour à Josselin, il était un fils de la terre et son aimé était un enfant de la mer.

Pourrait-il accepter de renoncer à son bien-aimé domaine pour lui ?

La réponse monta du ventre de Florent.

Oui. Cent fois oui.

CHAPITRE 3

Où Josselin Kervadec navigue vers la France et où Emilie fait une rencontre inattendue tout en préparant sa vengeance.

Quand les voiles de *La Rose de Saint-Malo* se déployaient et se gonflaient sous le vent, le cœur de Josselin lui semblait plus grand et plus ouvert.

Ce n'était, hélas, pas le cas, aujourd'hui.

Un courant marin les empêchait d'avancer depuis qu'ils avaient quitté les froidures du Canada. Les marins le connaissaient depuis longtemps, mais c'était le conquistador Juan Ponce de Leon qui s'était réellement avisé de son existence. Dans quelques années, un anglais nommé Benjamin Franklin fera réaliser une cartographie de ce courant qui sera connu sous le nom de Gulf Stream.

À la barre de sa *Rose* adorée, Josselin se souciait peu de l'avenir. Il pestait ses grands dieux contre ce maudit courant qui l'empêchait de rejoindre la France.

« Il n'y a pas si longtemps, pensa-t-il, je n étais jamais si heureux que sur la mer et je n'aurais éprouvé aucune impatience à rejoindre la France. D'ailleurs, l'aurais-je simplement rejointe ? Probablement pas. J'aurais mis le cap sur le Sud et j'aurais gagné la Floride. Que la peste soit de ce petit noble aux yeux verts qui a captivé mon damné cœur ! »

Il se mentait et le savait. S'il ne s'était pas arrêté à la cour, il n'aurait jamais rencontré son bien-aimé et serait toujours la proie de ses cauchemars et de son désir de vengeance.

Depuis que ses pensées étaient occupées par Florent de Méricourt, c'était l'amour qui le brûlait.

Si le jeune noble était obsédé par son amour pour Josselin, ce n'était rien en comparaison de ce que lui-même ressentait. Il passait ses nuits à se raconter de belles histoires chevaleresques qui avaient toutes le même épilogue : Florent nu sur les couvertures en fourrure entassées dans sa cabine.

Rien ne devait se mettre en travers de leur amour. Si seulement son aimé avait pu être une jeune fille ! Il se serait battu en duel avec tous ses autres prétendants et les aurait passés au fil de l'épée.

Aucune femme n'était formée au maniement des armes. C'était bien inutile : elles possédaient déjà le terrible pouvoir de mettre un enfant au monde.

Florent finirait par succomber à ce damné instinct, songea-t-il amèrement, et si ce n'était pas le cas, il se sentirait obligé de donner un héritier pour préserver son bien-aimé comté de Méricourt !

Son rival était redoutable, bien pire que la plus belle des femmes ou le plus séduisant des hommes. C'était ce château où battait le cœur de Florent. Devrait-il y mettre le feu pour l'effacer ?

Son instinct lui fit prévoir le vent avant même de sentir les voiles gonfler. La *Rose de Saint-Malo,* portée par le cœur de son maître filait enfin sur la mer, vers la France.

Vers Florent pour l'emmener dans un endroit de la terre où ils pourraient vivre leur amour librement.

Vite, que les remparts de Saint-Malo apparaissent dans la longue-vue, qu'il jette l'ancre et galope à bride abattue jusqu'au bordelais pour enlever son amour à ces briques tentaculaires !

Une vision sensuelle embruma son esprit. Florent, nu, gémissant dans ses bras, soumis à son désir, humble serviteur de ses caprices... Florent vêtu de ce manteau de loup blanc qu'il lui avait fait confectionner, Florent à ses côtés, Florent, Florent à tout jamais près de lui, loin de la terre, loin de sa famille, des femmes qui le détournaient de lui.

Loin, surtout de Méricourt. Très loin.

***

Château de Mérac, au même moment.

Emilie de Mérac arpentait les couloirs glacials de l'obscur château, pestant et vitupérant. Aucune de ses servantes n'osait se montrer.

La raison de sa colère était, à ses yeux, tout à fait légitime. Le baume de mélisse et de calendula que Lambert Faux lui confectionnait et qui facilitait l'intromission du duc dans son fondement n'était pas encore prêt !

Le duc était fort impatient et n'attendrait certainement pas ! Il n'hésiterait pas à la prendre sans précautions.

Elle gémit de frustration. Elle se donnait un mal de chien pour entretenir la flamme du désir et personne, parmi les idiots qui étaient censés la servir n'était fichu de se montrer à la hauteur !

Après le départ d'Alix pour Méricourt, Emilie et le Duc s'étaient discrètement mariés dans la petite chapelle du château. Mérac était devenu un paradis pour débauchés. La jeune femme n'hésitait pas à livrer ses servantes et serviteurs aux appétits pervers des amis de son mari.

Pourtant, quelque chose changeait imperceptiblement. Le duc se détournait d'elle et lui préférait souvent les charmes verts et piquants de ses plus jeunes servantes.

Son visage se durcit. Il n'était pas question qu'elle perde tout ce qu'elle avait obtenu en vendant son corps et son âme.

Subir les étreintes brutales et les vices raffinés de son mari et de ses commensaux n'étaient qu'un inconvénient minime face au confortable luxe de son existence à Mérac.

Justement, c'était soir de fête. Il était temps pour elle de se préparer.

Elle alla frapper à la porte de la chambre secrète de son mari. Comme elle s'y attendait, ce fut Faustine, la plus délurée de ses chambrières qui lui ouvrit.

—Louis, je suis ravie que vous vous amusiez, mais j'aimerais que vous ne détourniez pas mes servantes de leur ouvrage, dit-elle sèchement. J'ai besoin de Faustine séant.

—Ne soyez donc pas si mauvaise, ma mie ! Vous devriez plutôt remercier cette gourgandine. Au moins ne vous ai-je pas importunée aujourd'hui !

Un rire gras conclut cette tirade.

Emilie leva les yeux au ciel. Son mari paierait cet outrage en soie, en onguents et en eau parfumée !

***

Emilie de Mérac était presque heureuse. Dans sa robe de taffetas et velours vert foncé, les cheveux relevés sur le crâne, étincelante de bijoux de prix, elle était la femme la plus belle et la plus élégante de l'assemblée.

Elle observait attentivement la débauche qui se déroulait autour d'elle. Des ducs se faisaient taquiner la verge par de gourmandes servantes. Une comtesse connue pour sa vertu et sa piété était léchée par un valet. Son mari administrait une correction bien méritée à une marquise aux fesses nues.

—Duchesse de Mérac ? Veuillez accepter mes vœux.

Un homme plutôt jeune s'inclina devant elle. Elle lui tendit distraitement sa main à baiser.

—Noble spectacle, n'est-ce pas ?

La tonalité insolente dans laquelle il s'exprimait n'était guère usitée. Elle lui accorda son attention.

—La vraie noblesse est dans le cœur et pas dans la naissance, répondit-elle. Quel est la vôtre ? Duc, marquis, comte ?

—Rien de tout cela. Edmond Radiguet, savant un peu fou, peintre sans talent, écrivain sans génie. Je suis venu demander l'hospitalité pour deux nuits. Je suis le chemin de Saint-Jacques de Compostelle.

Elle le regarda plus attentivement. Il n'était pas beau : petit, râblé, les cheveux filasse, un certain charme se dégageait néanmoins de lui quand il souriait. Ses yeux anthracite brillaient d'intelligence.

—C'est un devoir sacré d'accueillir les pèlerins, répondit-elle courtoisement.

Elle désigna la pieuse comtesse qui offrait sa bouche à une suivante.

—Vous devriez l'emmener avec vous, enchérit-elle, elle a beaucoup à se faire pardonner par notre Seigneur.

Edmond s'inclina.

—Avec votre permission, je vais me retirer. Et si je peux me permettre un compliment…

Il s'approcha de son oreille et lui glissa :

—Vous êtes bien plus belle habillée que toutes ces donzelles nues.

Rougissante, elle donna des ordres pour qu'une chambre soit prête.

Les invités dormaient, ivres de et de débauche quand Louis vint la rejoindre dans leur chambre tandis qu'une chambrière l'aidait à se dévêtir.

—Superbe fête, ma mie. Vous avez du talent pour ce genre de réceptions. Quel est cet homme avec qui je vous vis discuter ?

Il s'allongea lourdement dans leur lit.

—Votre vit était donc plus occupé que vos yeux, répondit Emilie avec humour, c'est un pèlerin de Saint-Jacques de Compostelle. D'ailleurs, si vous le permettez, mon cher, je vais séant vérifier s'il est bien installé.

Les ronflements du duc lui répondirent.

Elle sortit du lit et se couvrit d'un manteau de fourrure.

Comme elle l'espérait, Edmond l'attendait. Il lui posa les mains sur les hanches et l'embrassa.

Jamais elle n'avait été embrassée. Touchée, fouaillée, prise, violentée, oui, mais jamais embrassée.

Depuis que Louis avait pris son pucelage, le plaisir était pour elle, indissociable de la douleur.

Cette nuit-là, elle apprit que la douceur pouvait être liée à l'ardeur d'un amant adroit et que l'enivrement des sens passait aussi par des gestes mesurés, des mots tendres et des « tu es si belle » murmurés au firmament de la passion.

Durant la messe du matin, elle s'approcha d'Edmond et lui glissa un mot.

—Je viendrai vous rejoindre dans votre couche après le repas du soir.

Au moment de s'agenouiller pour la communion, elle le vit hocher gravement la tête.

Juste avant le souper, elle glissa deux gouttes du soporifique que lui fournissait l'herboriste dans le vin de son mari. L'effet fut immédiat : il s'endormit sur la table.

—Aidez le duc à regagner son lit, ordonna-t-elle à ses serviteurs, il doit être souffrant. Dès mâtines, j'appellerai l'herboriste Lambert Faux. Il me fera livrer une tisane de sa composition.

Quand elle fut sûre qu'il ne reviendrait pas, elle alla pour la seconde fois, rejoindre Edmond.

L'aube palissait quand ils se séparèrent.

***

A midi, Edmond s'apprêtait à reprendre la route quand il vit arriver la duchesse de Mérac, vêtue d'une robe toute simple et d'une grande écharpe violette. Quand elle s'approcha, il s'aperçut qu'elle était décorée de croissants de lune et d'étoiles.

Tendrement, elle la lui passa autour du cou.

—Qu'elle vous protège sur le chemin de Saint-Jacques de Compostelle.

Edmond en caressa l'étoffe soyeuse.

—Laissez-moi emporter le souvenir de votre corps nu et de votre adorable visage.

Il l'embrassa doucement.

—Je dois reprendre ma route, reprit-il, priez pour moi.

En s'éloignant du sinistre château de Mérac, Edmond réfléchissait aux évènements qui venaient de se dérouler.

Le goût certain qu'Emilie avait manifesté pour leurs étreintes ne signifiait rien. Il connaissait bien ce genre de femmes et elle n'allait pas sacrifier son titre de duchesse et le confort du château de Mérac pour suivre un excentrique désargenté.

Du moins, était-ce ainsi qu'il s'était présenté. En réalité, Edmond Radiguet était l'unique héritier d'un drapier enrichi par le système de Down qui lui avait légué une fortune considérable.

Il sourit cruellement. Le château de Mérac serait bientôt à lui. Il devait juste se montrer patient.

CHAPITRE 4

Où Louve fait une découverte ennuyeuse et plonge en enfer.

La forêt bordelaise s'était parée de ses plus beaux atours automnaux pour accueillir Aglaé de Méricourt. Les paysans du village se réjouissaient tout autant que le château. Le comte, tout à son bonheur, les avait comblés de bienfaits.

Cette joie n'atteignait pas cependant pas la chaumière des Lafarge. Guilhem ne cessait de pester depuis le départ d'Emilie pour le château de Mérac. Il refusait même de prononcer le nom de la fugitive. Florie cachait ses larmes, mais était tout aussi furieuse.

Cette situation, pensait Louve en passant la cape rouge qu'elle adorait, *est bien triste, mais néanmoins très avantageuse*. Ses parents étaient si honteux que leur fille cadette vive dans la débauche du château de Mérac, que le quasi-concubinage de leur ainée avec un inoffensif herboriste était une bénédiction !

Louve savait que ses parents souffraient terriblement des ignobles rumeurs qui soufflaient sur le village. Son instinct lui murmurait que la réalité était pire encore.

Elle était néanmoins irritée en quittant la chaumière de ses parents. Grâce à sa fructueuse collaboration avec l'herboristerie de Lambert Faux, (les éponges continuaient à se vendre comme des petits pains), leur situation matérielle s'était améliorée. Ils étaient désormais enviés dans tout le village ! Pourquoi ne comprenaient-ils pas qu'Emilie n'était pas une victime, mais une impitoyable intrigante capable de vendre son âme au diable s'il lui en offrait un bon prix ?

Emmitouflée dans son manteau rouge en velours, présent d'Alix, elle s'apprêtait à atteler le chariot de son père pour se rendre à Bordeaux quand une galopade attira son attention.

Elle sourit en reconnaissant Perséphone. Son cavalier glissa de son dos avec son élégance habituelle.

Elle ne s'aperçut pas tout de suite qu'il tenait une autre monture par la bride.

—Je te présente Latone, dit-il, c'est la fille de Perséphone et elle a besoin d'une amie pour la monter.

La bouche de Louve s'arrondit en un O parfait. Elle s'apprêtait à protester quand Florent l'interrompit.

—Ne t épuise pas en vaines querelles. Tu as besoin d'un cheval pour te rendre à Bordeaux retrouver Lambert et ton père a besoin de sa charrette.

Ses yeux verts brillaient d'un éclat presque surnaturel.

—Louve, reprit-il d'un ton pressant, un jour, dans ces bois, tu m'as fait un présent merveilleux. Cette jument, tu l'aimeras autant que j'aime Perséphone, autant que tu aimes Artémis... D'ailleurs, regarde, elles sont déjà amies !

Effectivement, l'impressionnante bête flairait amicalement les pattes de Latone. La jument baissa la tête et lécha le pelage d'Artémis.

—Tu me blesserais beaucoup en la refusant, poursuivit-il.

Sans un mot de plus, elle se jeta à son cou.

—Merci, merci, Florent ! s'écria-t-elle. C'est… Oh, je ne peux pas t'exprimer ma reconnaissance. Mais comment vont les choses à Méricourt ? Comment va ta petite sœur ?

Florent sourit tendrement.

—Elle est merveilleuse, dit-il, mais si nous parlions de tout cela en chevauchant jusqu'à Méricourt ?

En riant, Louve le suivit.

—Aglaé est la reine de Méricourt, expliqua Florent, et même si elle n'était pas un délicieux bébé, je l'aimerais car sa naissance me permet d'être libre. Dès que possible, je demanderai à mon père de rédiger un acte devant notaire léguant le domaine à Aglaé et je lui apprendrai à le diriger dès qu'elle sera en âge de comprendre.Ainsi pourrai-je suivre Josselin sur les sept mers sans souci.

Louve le regarda, visiblement inquiète.

—Tu as l'air sérieux et c'est bien ce qui m'inquiète. Florent, es-tu sûr de toi ? Méricourt est toute ta vie.

Florent secoua la tête.

—Ma vie, c'est Josselin. Il est mon seigneur et maître et je le suivrai jusqu'en enfer s'il me le demande.

La jeune femme se retint de lever les yeux au ciel. Même si elle aimait sincèrement Lambert, elle savait ce qu'il en coûtait de remettre totalement sa vie entre les mains d'un autre être et elle pouvait déjà prévoir que Florent allait beaucoup souffrir. Pour sa part, il n'était pas né, l'homme qui la soumettrait !

Sans doute avait-il deviné ses pensées car il poursuivit :

—Son absence m'a fait réfléchir, poursuivit-il. Je ne peux pas rester sur terre à l'attendre quand il écumera les océans en amenant à son bord tous les séduisants jeunes hommes qu'il rencontrera.

—Et que feras-tu quand tes parents partiront rejoindre notre Créateur ? demanda Louve, comptes-tu guider ta sœur depuis les océans ?

Florent ne voulut ni ne put répondre. Méricourt qui se dessinait à travers les feuilles dorées et pourpres lui inspira un changement de conversation salutaire.

—Alix et Ghislain sont revenus l'autre jour, les cheveux pleins de feuilles d'automne et les vêtements pleins de terre et de mousse ! Ils avaient l'air… très heureux.

—Tu veux dire que…, commença Louve.

Florent leva la main.

—Je suis un gentilhomme, ma chère. Je ne veux rien dire du tout. Mes amitiés à Lambert.

Louve était bonne cavalière. Douée d'une compréhension instinctive des animaux, Latone et elle formèrent rapidement un couple inséparable.

Lambert s'extasia sur la jument et s'empressa de lui confectionner un mélange d'avoine et d'orge. Faussement boudeuse, Louve remarqua :

—Aimerais-tu cette jument plus que moi ?

Amusé, il se tourna et l'embrassa passionnément.

—Ma douce, ce n'est pas elle que j'espère épouser un jour.

Il l'embrassa dans le cou.

—Je sais ce que tu penses du mariage, mais j'espère que tu changeras d'avis. En attendant, le repas est prêt et j'espère que tu l'apprécieras autant que Latone apprécie le sien !

Ils soupèrent ensemble en devisant de choses légères et tendres. Au grand soulagement de Louve, le mariage ne fut plus évoqué.

Ils ne firent pas l'amour, ce soir-là. Epuisée par sa chevauchée, Louve s'endormit pour se réveiller trois heures après, le cœur au bord des lèvres.

Elle courut aux commodités et vomit à trois reprises. Epuisée, elle posa la main sur son ventre.

Une certitude absolue l'envahit.

Elle était enceinte d'un enfant qu'elle ne voulait pas et qui la retiendrait à tout jamais prisonnière de Lambert. Elle l'aimait mais ne voulait pas être liée à lui de cette façon.

Elle resta éveillée à fixer la pleine lune en réfléchissant aux moyens de s'en débarrasser.

L'aube se levait quand elle se glissa à *l'herbe folle.* Elle savait très bien où Lambert cachait les herbes abortives car c'était elle qui les lui fournissait. Elles se vendaient comme les petites éponges et les crèmes adoucissantes dont sa putain de sœur faisait grand usage : sous le manteau et comme des petits pains.

Elle ouvrait le tiroir quand un bruit attira son attention.

Mais elle n'eut pas le temps de réagir : un coup sur la tête lui fit perdre connaissance.

***

Morgane ouvrit péniblement les yeux et regarda autour d'elle.

Elle était allongée sur un lit, dans une chambre richement meublée. Quand elle vit les lourds rideaux de brocart noir, elle comprit.

—Bonjour, chère sœur.

La comtesse de Mérac se tenait devant la porte. Malgré la colère et la peur qui la tenaillaient, Louve devait admettre qu'elle était magnifique, dans sa robe volante bleue iris. Ses cheveux blonds roux étaient montés en chignon tout simple, mais au-delà de la magnificence de sa tenue et de sa parure, elle brulait d'un rayonnement intérieur.

—Que fais-je ici ? hurla Louve, pourquoi suis-je à Mérac ? Et toi, vile putain, comment oses-tu te présenter devant moi ?

—Baisse un peu le caquet, manante, répondit brutalement Emilie, je vais t'expliquer ce que tu fais là.

Elle s'assit sur le bord du lit.

—N'aie crainte, reprit-elle, tu seras bien traitée. Tu n'es qu'une monnaie d'échange. Dès que Florent viendra te sauver, nous te libérerons pour le garder. Je suis au regret de te dire que ce sera différent pour lui. Nous le garderons tant que mon mari s'amusera avec lui.

—Pourquoi ? hurla Morgane, que t-a-t-il fait ?

Le regard d'Emilie se durcit. Elle gifla sa sœur à deux reprises.

—Pourquoi ? Petite garce, n'en as-tu point une idée ?

Avant que sa sœur pût répondre, elle ajouta :

—Je me suis trainée à ses pieds et il m'a repoussée ! Il t'a offert le confort de la vie de la noblesse et toi, comme la petite oie prétentieuse que tu es, tu l'as repoussé ! Pourtant, c'est avec toi qu'il a connu les joies charnelles ! Je me vengerai de son mépris. Il ne sortira du château que pour que son corps démembré en rejoigne les fosses !

Louve ne répondit pas.

Ses yeux étaient rivés sur la fenêtre. Dans les bois, une fumée noire s'envolait.

D'une voix trainante, Emilie ajouta :

—Quelques petits détails ont dû être réglés. Tu as laissé un mot à Lambert lui signifiant votre rupture et ton intention de te débarrasser de votre enfant. L'homme qui t'a enlevée n'est pas un imbécile. Il a vu dans quel tiroir tu fouillais. Quant à cette fumée, c'est la chaumière de ceux qui prétendaient être nos parents.

Louve tomba à genoux sur le sol, répétant :

—Tu les as tués… Tu les as tués…

Emilie fit un geste détaché.

—Il faut toujours que tu exagères. Je ne les ai pas tués de mes mains. Ces chaumières en bois brulent facilement. Hélas, ils ont été surpris en plein sommeil et n'ont pu sortir de leur demeure en feu. Quant à ta chère Artémis, elle a disparu. Prie pour que mes hommes ne la retrouvent pas. J'aurai le plaisir infini de me faire un manteau avec sa somptueuse fourrure.

Elle jeta un regard méprisant sur sa sœur à genoux, accablée.

—C'étaient tes parents, murmura-t-elle.

Pour la première fois, Emilie manifesta une véritable réaction de colère.

—Mes parents ? Non, chère enfant des fées, c'étaient tes parents et en aucun cas les miens. Je ne suis que la putain du duc et c'est par ta faute que je le suis devenue.

Elle s'apprêtait à sortir, mais se tourna vers sa sœur.

—Tu es tout de même ma sœur, ajouta-t-elle, si tu es docile et silencieuse, tu seras bien traitée. Je vais te faire apporter de quoi te nourrir. Et si tu désires faire disparaitre le fâcheux inconvénient que tu as dans le ventre, ton amoureux m'a fourni une grande réserve de la potion que tu cherchais.

Elle lui sourit.

—Allons, reprit-elle plus gentiment, relève-toi et va te reposer. Je me porte garante que mon mari ne t'importunera pas. Tu es un peu trop maigre et un peu trop sorcière pour lui.

Quand Emilie ferma la porte, Louve se releva. Un plan précis s'élaborait dans sa tête.

Elle devait faire porter un message à Lambert. La seule idée qu'il pense qu'elle l'avait quitté lui brisait le cœur. Il fallait également qu'elle prévienne Florent de l'affreux sort que lui réservait son odieuse sœur. Et par-dessus tout…

Elle regarda de nouveau la fumée noire.

Elle devait retrouver Artémis. Tout son instinct lui hurlait que la chienne-louve s'était échappé et se cachait à un endroit où les séides du duc de Mérac ne la retrouveraient pas.

Brisée de chagrin et de peur, elle sombra dans le sommeil.

En s'éveillant, l'évidence la frappa. Il fallait que Florent soit capturé. Elle pourrait ainsi faire porter un message à celui qui préférerait tuer que de laisser son amour encourir un danger.

Josselin de Kervadec.

Comme par instinct, ses mains vinrent caresser son ventre.

Elle ne tuerait pas son enfant. Il grandirait en elle, comme un défi aux Mérac, preuve d'amour qu'elle donnerait à Lambert.

CHAPITRE 5

Où Florent se jette dans la gueule du loup et où le drame frappe Méricourt.

Lambert caressait machinalement la robe baie de Latone en relisant le mot de Louve.

Lambert,
En dépit de toute mon affection pour toi, je ne veux pas renoncer à ma liberté. Je porte ton enfant mais ne désire pas le garder. Je prends donc la fuite en te souhaitant tout le bonheur du monde. Je ne reviendrai pas. Prends soin de Latone et transmets toute mon affection à Florent et Alix ainsi qu'à mes parents.
Que Dieu te garde,
Morgane.

Après la lecture de cette lettre, Lambert ne ressentit que confusion et sentiment d'irréalité, mais peu à peu, son cerveau scientifique prit la place de ses émotions désordonnées. Où était Morgane ? Pourquoi avait-elle laissé sa jument adorée ? Attendait-elle vraiment son enfant ?

Elle était sa perle, sa déesse, la lumière de sa vie. Il devait la retrouver et tenter de la convaincre de garder leur enfant et peut-être d'accepter de l'épouser.

Il mit une pancarte sur la porte, scella Latone et l'éperonna.

Direction Méricourt.

***

Il n'avait pas posé le pied à terre que Florent surgit du château, visiblement sous le choc.

—Lambert, c'est le ciel qui t'envoie ! cria-t-il, ma mère a voulu se lever ce matin, mais est tombée sans connaissance. Elle grelotte de fièvre et semble ne plus voir personne.

Le beau visage du jeune homme était bouleversé par une peur que l'herboriste avait trop souvent vue : celle que l'on ressent quand, sans se l'avouer, on sait qu'un être aimé va mourir.

Il ne pouvait pas chercher Louve tout de suite. Son métier l'appelait.

Il suivit Florent dans les couloirs du château.

Athénaïs était allongée sur le lit, les yeux écarquillés, en sueur et tremblante de froid.

Il posa sa main sur son front. Comme il s'y attendait, elle était brûlante.

—Préparez des draps glacés, dit-il brièvement et enveloppez-là. Je vais lui préparer une potion qui fera baisser la fièvre.

En sortant, il se heurta à Thibaud de Méricourt.

—Je suis heureux de vous voir, Lambert, dit-il gravement. Dois-je faire venir un médecin ?

Lambert le prit par l'épaule et l'entraina avec lui. A cette minute, ils n'étaient pas comte et roturier, mais deux hommes inquiets pour une femme.

—Comte, dit-il, je vais être aussi sincère avec vous que je puis l'être à mon niveau de connaissance. Si je connaissais un médecin, un seul, qui pourrait sauver la comtesse, j'aurais galopé jusqu'à épuisement pour le trouver et le ramener. Hélas, notre médecine est encore fort ignorante et, j'en ai bien peur, impuissante face au mal qui la frappe.

D'une voix terriblement fataliste, Thibaud répondit :

—Je craignais de toute mon âme cette réponse mais je vous remercie de votre sincérité. Qu'allez-vous faire ?

Lambert soupira.

—Je vais tenter de faire baisser la fièvre par tous les moyens dont nous disposons. Mais encore une fois, ce ne sont que mes moyens et ils sont bien faibles.

Thibaud lui serra l'épaule.

—Je vous fais confiance, Lambert et d'avance, vous remercie pour tout.

—Ne me remerciez pas, Thibaud. C'est bien le moins que je puisse faire.

Dans la cuisine, il trouva Alix. Elle lui tendit un panier de thym, de camomille et de tilleul.

—Je me suis souvenue de ce que vous nous avez enseigné, à Louve et à moi, dit-elle. Ces plantes ont pour propriété de faire baisser la fièvre, n'est-ce pas ?

Il sourit à la jeune femme, reconnaissant.

—Vous êtes une perle, mon amie, lui répondit-il. Pourriez-vous aller vérifier si mes consignes ont été respectées ? J'ai demandé à ce que la comtesse soit enveloppée dans des draps glacés et il est plus efficace qu'elle n'ait aucun vêtement sur elle. Comment va la petite ?

—Elle va bien, répondit Alix, Perle s'occupe d'elle. Lambert…

Les yeux de la jeune fille étaient pleins de la même angoisse que ceux de Florent. Elle était profondément attachée à Athénaïs qui avait tenu le rôle de mère auprès d'elle.

—Oui ? demanda Lambert.

—Est-ce de la fièvre des accouchées dont est atteinte la comtesse ?

Lambert baissa les yeux.

—Prions la divine Providence que ce ne soit pas le cas.

Quand l'eau sur l'âtre se mit à bouillir, il y jeta les plantes. Alix apporta un bol à Athénaïs. Florent était à genoux près d'elle et lui tenait la main.

—Aide-moi à la faire boire, ordonna-t-elle brièvement.

Florent s'arracha un pâle sourire.

—Comme tu es autoritaire ! plaisanta-t-il.

Alix ouvrit la bouche de la comtesse. Florent y versa le liquide sans trop d'éclaboussures.

—C'est inutile, constata-t-il tristement, ma mère est…

—Tais-toi ! s'écria Alix. Quand bien même elle serait prête à rejoindre notre Créateur, ne te semble-t-il pas normal de lui épargner trop de souffrances ? Je vais demander à Lambert de lui préparer sa potion calmante.

Elle lança un regard moqueur à son ancien fiancé.

—T'en souviens-tu ?

Florent se souvenait évidemment de cette potion. Pour tenir en respect la douleur, il prenait des infusions d'opium que lui avait vendu un marchand du Temple. Lambert s'en était aperçu et les avait remplacés par une tisane calmante.

—Tu es une bénédiction pour ce château, Alix, dit-il, mon père et moi ne saurions nous en tirer sans toi.

Gravement, Alix s'agenouilla devant Florent.

—Je vous suis liée à tout jamais, répondit-elle, à toi, à tes parents, à Méricourt. Ce château est désormais le mien et cette famille la mienne. Je suis votre femme-lige et vassale, non par la naissance mais par la reconnaissance que j'éprouve pour vous.

Florent l'aida à se relever et lui donna un baiser léger sur la bouche.

—Tu nous as déjà rendu tout cela au centuple, répondit-il.

Ils restèrent un instant l'un contre l'autre, non comme des amoureux, mais comme un frère et une sœur liés par la peur de perdre leur mère chérie.

Alix se détacha de lui.

—Je vais demander à Lambert de préparer cette potion. Peux-tu m'attendre ici ?

Florent acquiesça. Il s'assit sur un fauteuil crapaud, tout près de sa mère et lui prit la main. Au bout de quelques minutes, il sentit une pression.

—Florent, est-ce vous ?

Il se leva d'un bond.

—Toujours aussi fougueux, parvint à plaisanter sa mère, calmez-vous un peu, mon garçon. Avez-vous des nouvelles de votre aimé ?

Elle sourit, malicieuse.

—Dès votre naissance, dès que vous avez ouvert vos merveilleux yeux verts, j'ai su que vous seriez exceptionnel. Votre cœur est grand, votre esprit d'indépendance sans limite.

Il était sans doute inévitable que l'objet de votre amour soit exceptionnel.

Florent essuya les larmes qui coulaient sur ses joues.

—Si je meurs…

—Non ! interrompit Florent, ne dites pas cela !

Sa mère leva une main décharnée et lui caressa la joue.

—Si je meurs, insista-t-elle, je vous demanderai de veiller sur votre père et votre sœur. Je sais que votre cœur vogue sur les mers, Florent. Mais vos racines sont attachées à Méricourt. Si, comme je le pressens, cet amour vous emmène loin de ces terres, vous perdrez une partie de votre âme. Songez-y.

Alix entra au même moment, un bol fumant dans les mains.

—Mère, dit-elle, Lambert vous a préparé une potion calmante. Elle vous apaisera et vous trouverez un peu de repos.

Sans discuter, Alix s'exécuta. Elle s'endormit quelques secondes après l'avoir bu.

Florent redescendit dans la cour et se dirigea aux écuries.

Il poussa un cri de stupeur en voyant Latone. Tout à sa frayeur pour sa mère, il ne l'avait pas reconnue tout à l'heure.

—Que fais-tu là, ma belle ?

Il s'en aviserait plus tard. Son corps hurlait son désir de galoper.

Une pluie torrentielle commença à tomber quand ils quittèrent le domaine de Méricourt. Il s'en avisa à peine.

Des années plus tard, quand il repenserait à cet instant, Florent se demanderait cent fois, sans jamais trouver de réponse, pourquoi il avait pris la route de Mérac. Il finit par en conclure que c'était Dieu, quel que soit le nom qu'on puisse lui donner, qui l'avait poussé.

Quelques mètres plus loin, la pluie redoublait et devenait même dangereuse. Il s'apprêtait à faire demi-tour quand une énorme bête au pelage couleur fauve surgit des bois.

—Artémis ! s'exclama le jeune homme, mais que fais-tu là ?

Avec insistance, la chienne-louve planta ses crocs dans le tissu de son pantalon et le tira en direction de la chaumière des parents de Louve.

—Je te suis, dit-il.

Un spectacle épouvantable les attendait. La chaumière avait entièrement brulé. Les villageois, attroupés, pleuraient à chaudes larmes. Un jeune homme s'avança vers lui.

—Messire, c'est affreux ! Le feu a pris en quelques secondes. Florie et Guilhem n'ont pas eu le temps de se réveiller. Ils ont été asphyxiés par la fumée. Au moins avons-nous la consolation de penser qu'ils n'ont pas souffert. C'est une véritable tragédie.

Florent n'écoutait plus. Il fixait les tours de Mérac qui dépassaient des arbres.

Son cerveau fonctionnait à toute allure. Même s'il avait la certitude que cet incendie n'était pas accidentel et venait probablement d'un ordre du château, il ne pouvait courir le risque de lancer des accusations qui lui coûteraient peut-être la vie.

Après avoir murmuré quelques paroles sans conséquence sur la peine que le comte et la comtesse de Méricourt ne manqueraient pas d'éprouver, il repartit vers son domaine.

Quand il y arriva, une telle confusion régnait qu'il pensa immédiatement qu'un malheur était arrivé à sa mère.

Lambert, le visage bouleversé, courut vers lui, une missive à la main.

—Florent ! hurla-t-il, une lettre est arrivée du château de Mérac. Pour toi ! Je ne sais pourquoi je l'ai ouverte. J'en suis désolé, mais…

—Peu m'en chaut, le coupa Florent, donne-moi cette lettre.

Son inquiétude était encore montée d'un cran et explosa à la lecture des mots affreux qui s'étalaient sous ses yeux.

Florent,

Morgane est prisonnière au château de Mérac. Rassure-toi, elle y est bien traitée. Mais voici un état qui risque de ne pas durer.

Dans deux jours, si tu n'es pas venu la remplacer, un regrettable accident arrivera à ma sœur. Tu ne voudrais pas que je me retrouve orpheline et sans famille ?

Viens vite, Florent. Pour la survie de Morgane.

Emilie.

La lettre tomba dans l'eau boueuse.

—Je pars tout de suite, dit brièvement Florent, Lambert, je te confie ma mère. Alix t'assistera. Je reviendrai le plus vite possible.

—Non !

Alix venait de sortir du château.

—Florent, tu ne connais pas mon père et cette garce d'Emilie ! Ils vont te faire souffrir et probablement te tuer !

Florent, ferme et résolu, secoua la tête.

—Je pars, dit-il, et je ramène Morgane.

Il prit la bride de Perséphone et la confia aux bons soins de Ghislain.

Puis il scella Latone et partit vers Mérac.

Il ne vit pas Artémis le suivre.

CHAPITRE 6

Où Josselin aborde enfin les côtes françaises et où Louve parvient à s'échapper.

Josselin regardait les côtes de Saint-Malo se dessiner à l'horizon.

Son inquiétude n'avait fait que croître ces dernières heures. Non seulement il n'avait reçu aucune lettre de Florent, mais la moitié de son équipage était tombée malade. Il avait dû faire les manœuvres avec les quelques hommes encore valides. Dieu soit béni d'avoir mis sur son chemin un des rares chirurgiens compétents de la marine !

Lui-même ne se sentait pas très bien. Il avait besoin d'un repas chaud et d'une bonne nuit de sommeil dans un lit bourré de paille fraiche. Demain, dès l'aube, il partirait pour le bordelais.

La soif du corps de Florent le tenaillait. Son désir était violent et animal. Il ne parvenait plus à trouver l'apaisement dans les corps anonymes qu'il étreignait aux escales.

Il ne se cachait même plus. S'il embarquait Florent avec lui, qu'importait que ses hommes connaissent ses penchants ? Ils finiraient bien par les deviner !

Il était fort satisfait de sa campagne canadienne. Son écrivain de bord avait fermé les yeux au bon moment. Il avait pu détourner quelques marchandises précieuses de la convoitise du royaume.

Ses mains caressèrent avec volupté le manteau de loup blanc qu'il avait fait confectionner pendant leur escale hivernale à Tadoussac.

Il revit son aimé presque nu, tordu de son désir pour lui. À la minute où il le retrouverait, rien ne pourrait les séparer.

—Capitaine, nous arrivons en rade de Saint-Malo.

Son second avait passé une tête inquiète dans la cabine.

—Et que crois-tu ? répondit-il, un peu tendu, que je vais laisser le bateau amarrer tout seul ?

Injustement agacé, il alla prendre la barre et effectua mécaniquement les gestes qui ramèneraient son navire au port. Tout l'équipage le suivait sans un mot de trop. C'était le sentiment le plus réconfortant qu'il connaisse.

***

Sabine Montavet était une aubergiste prospère et accorte. Femme avisée, elle s'était assuré qu'avant sa mort d'une fluxion de la poitrine, son mari lui légua l'auberge.

Elle ne reculait ni devant les révérences, parfois obséquieuses, ni devant les avances des marins. Cette réputation lui donnait une longueur d'avance sur les autres aubergistes.

Elle attendait l'arrivée du capitaine de *la Rose de Saint-Malo*.

Celui-là était un drôle de corps. Si elle était parfois agacée par l'insistance de ses soupirants auxquels elle accordait bien d'avantage qu'un baiser, ni ses seins mis en avant par un décolleté carré, ni son joli visage ne lui faisaient le moindre effet. Par moments, elle le soupçonnait d'être attiré par les hommes, même si cela lui semblait impossible. Rien, dans l'attitude et le physique de Josselin Kervadec n'était efféminé.

Le soleil se couchait quand il arriva, visiblement affamé et épuisé.

—Josselin ! s'exclama-t-elle. Tu es toujours aussi beau !

—Tout comme toi, répondit-il courtoisement, tu es plus belle que jamais. Veux-tu bien me servir une assiettée d'huitres chaudes ?

—Avec plaisir. Assieds-toi à ta table habituelle.

Elle s'approcha de lui en faisant froufrouter ses dentelles. D'un ton insinuant, elle ajouta :

—Je peux même te servir bien d'autres choses, tout aussi savoureuses que les huitres.

Elle lui posa la main sur le poignet. Il se détacha sans brusquerie.

—Sabine, tu es très belle, très séduisante. Bien trop pour courir après un marin qui ne veut pas de toi car il a d'autres inclinaisons.

Elle comprit sur le champ que ses soupçons étaient justes.

—Avais-je donc raison ? souffla-t-elle. Tu ne rêves que de redditions masculines ?

Josselin secoua la tête. L'espoir revint dans l'entre-jambe palpitante de Sabine, mais fut immédiatement détruit par sa réponse.

—Je ne rêve que d'une reddition et elle est bel et bien masculine. Il s'appelle Florent et mon cœur et mon âme sont à lui comme les siens sont à moi. Après une bonne nuit de sommeil, je vais galoper vers lui et l'enlever et rien ne pourra m'en empêcher.

Il regarda Sabine dans les yeux.

—Nombreux sont les marins qui veulent t'épouser. N'espère rien de moi.

Dépitée, elle s'apprêtait à aller chercher son plat quand elle entendit un murmure.

—Servez votre marin et accompagnez-le à sa chambre. Il y aura trois beaux écus pour vous si, quand il sera prêt à partir, vous dites sans avoir l'air d'y accorder de l'importance qu'un serviteur de passage parlait des noces de son maître avec Alix de Mérac.

Sans bouger, Sabine répondit :

—Cinq écus. Mais qui êtes-vous ?

Elle ne vit qu'une voilette noire recouvrant un visage. Une femme.

—Mon nom ne te dirait rien. Sache seulement que je suis au service d'une grande dame qui te comblera de bienfaits si tu la sers de manière satisfaisante.

Sabine hocha la tête et s'exécuta. Josselin lui facilita le travail en lui demandant son meilleur rhum. Au bout de quatre verres, il était fin ivre. Deux marins présents l'aidèrent à se coucher. Elle s'approcha de la table où la jeune inconnue savourait un verre de vin blanc et une mouclade.

—Qui est ce maître ? demanda-t-elle.

—Quelqu'un de fort important pour ma maîtresse, répondit la jeune femme, et cela ne te regarde pas. Contente-toi d'exécuter les ordres.

Elle se pencha sur elle et lui glissa :

—Si tu obéis, ce sera la fortune. Si tu échoues ou si tu nous trahis, ce sera la mort. Et ta belle auberge ne sera plus que cendres.

Frémissante, Sabine hocha la tête.

Le lendemain, tandis que Josselin buvait un café noir, Sabine, au meilleur de son rôle d'aubergiste accorte, devisait avec une commère venue du marché.

—Une servante bavarde est venue ce matin, dit-elle, elle m'a rompu les oreilles à me parler du mariage de son jeune maître !

—Un mariage ! s'exclama la commère, quelle délicieuse idée ! Josselin, quand tu seras las de parcourir les océans, pourquoi ne point épouser notre amie ?

—Je ne pense pas que ce jour arrivera, répondit courtoisement Josselin, mais qui est donc ce jeune noble qui se marie ?

Il s'en moquait, mais tentait de détourner l'attention de l'épineux sujet de son propre mariage avec Sabine.

Quelle idée ! L'aubergiste était sympathique, mais même s'il avait été attiré par les formes féminines, il n'aurait pas voulu d'elle. Elle écartait trop aisément les cuisses à son goût.

—Ce jeune noble est un grand nom du Bordelais, poursuivait Sabine, son père vient du Nord mais a donné son nom aux terres quand il a acheté le domaine.

Josselin se redressa si brusquement qu'il se cogna le coude contre la table.

—Quel est son nom ? demanda-t-il d'une voix blanche.

Sabine fit mine de froncer les sourcils et de réfléchir.

—Méricourt, me semble-t-il. Oui, c'est cela ! Florent de Méricourt. Il va épouser une jeune noble nommée Alix de Mérac. Sa servante s'est répandue sur leur amour fou et…

Le reste se perdit dans le flot tumultueux des pensées de Josselin.

Il lança quelques pièces sur la table et sortit.

Ses pas le conduisirent vers son bateau. Un émissaire s'inclina devant lui.

—Josselin Kervadec, par ordre de monseigneur le Régent, vous devez sur le champ vous rendre à la cour.

Abasourdi, le corsaire monta dans le carrosse sans comprendre et sans la moindre idée de ce que lui arrivait.

***

Château de Mérac, au même moment.

Assis au pied du lit de la chambre où il avait été enfermé, Florent pleurait en silence, maudissant sa naïveté.

Quand il était arrivé la veille, Emilie l'avait accueilli avec un mauvais sourire. Puis, elle avait prononcé ces mots qui avaient condamné tous ses espoirs :

—J'espère que vous n'avez pas réellement cru que nous allions délivrer Morgane, Florent. Je la hais autant que vous. Sa seule chance est de n'être pas au goût de mon mari. Quant à moi, je ne suis pas assez pervertie pour tenir commerce sensuel avec ma propre sœur. Nous la garderons quelque temps pour l'empêcher d'aller jaser auprès de votre père et elle finira comme nos pauvres parents.

Il fit le geste de se jeter sur elle, mais un hercule poilu l'étala d'un coup de poing.

—Ne faites pas de bêtises, reprit froidement Emilie. Votre seule chance de survie est dans votre capacité d'adaptation au château de Mérac...Et aux désirs de mon cher époux.

Il fut conduit dans cette chambre richement meublée et enfermé à double tour. Ses larmes coulaient sans qu'il puisse les retenir.

La porte s'ouvrit. Un espoir insensé le souleva de terre qui s'effondra lorsqu'il vit le duc de Mérac devant lui.

Il le regarda des pieds à la tête.

—Aussi séduisant que dans mes souvenirs, lui dit-il, si vous quittiez ces vêtements que je vous admire au mieux ?

Florent secoua la tête, incapable de parler.

—J'ai oublié de vous préciser, mon jeune et cher ami, que je ne vous demande pas votre avis. Enlevez ces vêtements immédiatement.

Un sourire carnassier étira ses lèvres.

—Je suis un homme plutôt pressé d'habitude, mais étrangement, avec vous, j'ai envie de faire durer le plaisir. Je vous fais le serment de juste vous contempler aujourd'hui. Un jour, je reviendrai et je prendrai votre bouche. Croyez-bien que ce sera de façon plus originale qu'un banal baiser.

Désespéré et mort de peur, Florent tomba à genoux.

—Je ferai tout ce que vous voudrez, dit-il, tout ce que vous désirez, si vous m'accordez deux faveurs.

—Déshabillez-vous et nous verrons cela

Avec une étrange douceur, il ajouta :

—Relevez-vous. L'héritier du domaine de Méricourt ne peut être humilié ainsi.

Tentant de concentrer ses pensées sur Josselin, Florent ôta ses vêtements. Extatique, le duc le regarda longuement.

—Je n'ai jamais contemplé plus belle œuvre d'art de toute ma vie, murmura-t-il. Dites-moi ce que vous désirez, Florent. À une exception près : je ne peux pas vous accorder la liberté de Morgane. Sa sœur veut se venger et vous connaissez le dicton : « quand une femme se venge, le diable s'assoit et prend des leçons ».

D'un ton plus sourd, il ajouta :

—Si vous cédez à mes caprices, vous continuerez à vivre. Que voulez-vous me demander, Florent ?

Précipitamment, le jeune homme dit :

—J'aime un homme et je veux que ce soit lui qui prenne mon pucelage. Pour cela également, je vous demande de ne prendre ma bouche qu'avec votre vit et jamais avec vos lèvres.

Le duc de Mérac éclata d'un rire cynique.

—Vous êtes bien naïf, jeune homme si vous pensez que vos baisers m'intéressent. Gardez-le pour votre corsaire. Vous risquez de ne plus le revoir avant quelque temps. Il croit que vous allez épouser ma stupide fille et il est actuellement en route pour la cour du Régent.

Devant l'air stupéfait de Florent, il ajouta :

—Ma femme est une redoutable adversaire. Quand vous l'avez repoussée, vous avez éveillé sa colère. Notre espion à Méricourt a intercepté vos lettres enflammées pour Josselin Kervadec. Vous n'aviez aucune chance de vous échapper.

C'en fut trop pour Florent. Il tomba évanoui sur le sol.

Quand il ouvrit les yeux, le duc était près de lui.

—Ne craignez rien, dit-il doucement, je ne vous veux pas tremblant de peur dans mes bras. Je serai patient et j'attendrai que, las d'attendre, vous m'imploriez de venir.

Il lui caressa les cheveux.

—Ne craignez rien, petit monstre aux yeux verts. Je respecterai mes engagements envers vous. Pour le moment, avalez cette potion et dormez.

Il lui tendit un petit bol.

—Elle contient de l'opium, poursuivit-il, et je crois savoir que vous appréciez cette plante. Emilie a passé commande à votre ami Lambert. Il vous suffit de demander et vous en aurez autant que vous le désirez.

Florent était tellement désespéré que son organisme accueillit la drogue avec soulagement.

Tandis qu'il sombrait dans un sommeil enchanté, le duc de Mérac murmura :

—Petit monstre aux yeux verts, tu ignores une des propriétés de l'opium. Il éveille le désir et fait tomber toute pudeur. D'ici quelque temps, tu me supplieras de te prendre. Et inutile d'implorer le pardon du Seigneur : tu es déjà damné par ton amour pour ton corsaire.

***

Louve était à quelques pièces de Florent. Elle était allongée sur le lit, désespérant de pouvoir s'échapper. Elle avait assisté à son arrivée et savait qu'Emilie voulait, de surcroît, la tuer.

Peu lui importait. Elle avait tout perdu. Ses parents, Florent, Lambert. Seul son enfant lui donnait la force de ne pas mourir.

Elle fixait la fenêtre en espérant qu'un jour, elle s'ouvrirait et qu'elle pourrait s'y jeter.

Elle ne prêta d'abord pas attention au vacarme de la porte. Intriguée, elle finit par se lever et actionner la poignée. À sa grande surprise, elle s'ouvrit. La servante avait dû oublier de la fermer.

En découvrant Artémis, elle crut mourir de joie. La grosse bête tira sa manche.

Sans réfléchir, elle la suivit. Les escaliers étaient vides. Ils se prolongeaient jusqu'au sous-sol.

Artémis se retournait pour voir si sa maîtresse était toujours derrière elle. Elle la mena jusqu'à un tunnel qui arrivait aux écuries. Latone l'attendait.

—C'est une excellente idée, ma mie, d'avoir fait croire à Josselin Kervadec que Florent allait se marier avec ma fille et encore plus rusé de l'avoir envoyé à la cour du Régent. Il sera bien quinaud de voir que son altesse ne l'attend point !

La voix du duc. Lui et sa garce de sœur devisaient devant les écuries. Si elle passait devant eux, elle serait immédiatement repérée. Artémis et Louve se cachèrent derrière une meule de foin.

—Je suis assez fière de moi, reconnut Emilie, et je pense, mon cher époux, que vous devriez attendre quelques jours, avant d'assouvir vos envies sur Florent. Mais peut-être devriez-vous lui montrer ce qui lui en coûterait de refuser vos avances.

Un frisson paralysa Louve. Elle devait s'enfuir et prévenir Josselin.

Il était à la cour du Régent. Pourrait-elle le prendre de vitesse ?

Avec fougue, elle monta sur Latone. Par chance, ils n'avaient pas jugé utile de lui ôter sa selle. Elle imaginait aisément ce qui serait arrivé au palefrenier étourdi à Méricourt !

Elle n'eut pas à attendre que le couple maléfique ait fini sa conversation pour s'enfuir.

Avec un hurlement sauvage, Artémis se jeta sur le duc. Elle le tint entre ses pattes tandis que Louve et Latone s'enfuyaient.

Entendre les imprécations de sa sœur fut une véritable musique céleste pour la jeune femme.

Elle prit la direction de Paris, suivie par Artémis.

CHAPITRE 8

Où Emilie fait une merveilleuse découverte et où Morgane retrouve Josselin.

Mérac, quelques jours après.

Emilie se releva. Elle venait de vomir dans un seau.

Une semaine que cela durait. Elle ne pouvait plus se mentir. Elle était enceinte et ce n'était pas de son mari.

Ses mains vinrent protéger la promesse qui grandissait dans son ventre tandis que l'allégresse montait en elle.

Elle portait l'enfant d'Edmond Radiguet, le seul homme qu'elle eut éprouvé un sentiment proche de l'amour.

C'était une bonne nouvelle qui contrastait avec le désagréable sentiment qui la poursuivait depuis l'enlèvement volontaire de Florent.

Elle eut été fort surprise si on lui avait dit que ce sentiment irritant s'appelait remord.

Elle avait réussi à tenir son mari écarté de Florent en arguant que la torture de l'attente serait bien pire que le viol. Depuis, le serviteur attaché au service du jeune comte le fournissait en infusions d'opium. Il passait l'essentiel de son temps aux paradis artificiels.

Il n'avait pas été très difficile de deviner le penchant secret de Florent. Quand il avait raccompagné cette petite oie d'Alix après les fêtes de Noël, Emilie avait croisé son regard halluciné et ses pupilles dilatées. Quelques recherches avaient vite confirmé ses soupçons. Le laisser mourir dans la volupté de la drogue était une fin bien trop douce pour lui.

Pourtant, elle n'arrivait à se résoudre à le livrer à la violence de son mari. Il y avait chez le jeune homme une absence totale de perversion qui la touchait.

Elle pouvait encore retarder l'échéance grâce à la potion magique de Lambert.

Dans sa chambre fermée à double tour, Florent revenait peu à peu à lui. Dès qu'il ouvrit les yeux, il vit Emilie de Mérac devant lui.

—Soyez sans crainte, dit-elle, mon mari ne viendra pas vous voir ce soir. Il ronfle comme un sonneur. Désirez-vous quelque chose ?

Il tenta de résister à l'unique désir qui lui dévorait les tripes. Mais s'il cessait, ce qui l'attendait serait bien pire : la souffrance, le manque, le désir éperdu de revoir les siens. De revoir Josselin.

Au moins pouvait-il les retrouver dans la drogue.

Son regard avide et pathétique donna à Emilie la réponse qu'elle attendait. Quelques secondes plus tard, un serviteur était là avec un bol rempli d'infusion parfumée à l'opium.

Il l'avala avidement et repartit dans le brouillard doré de ses songes, tentant d'ignorer le désir qui brulait ses reins.

Il pouvait se détendre tout seul et ne s'en privait pas. L'évocation de Josselin l'enflammait et guidait sa main.

Mais parfois, quand l'opium l'enflammait vraiment, il pensait au duc de Mérac et se maudissait pour cela.

—Emilie, bredouilla-t-il, le duc a parlé d'un espion à Méricourt. Qui est-il ?

Emilie secoua gravement la tête.

—Si je te le disais, je te briserais le cœur. Et crois-le ou non, je ne suis pas assez cruelle pour cela.

Florent sombra dans un sommeil beaucoup trop profond qui ressemblait à la mort.

***

Méricourt, au même moment.

Alix sortit Aglaé de la baignoire où elle l'avait lavée. Le bébé lui posa la main sur la joue.

—Petite sœur, dit-elle doucement, toi et moi, sommes avec Lambert les seuls êtres réellement vivants de Méricourt. La maladie de mère et le sacrifice de Florent qui n'a point amené le retour de Morgane a précipité le domaine dans l'angoisse et la peur. Père est désespéré. Je suis stupéfaite de voir à quel point ce domaine ne tenait sur ses bases que par la grâce de Florent et d'Athénaïs.

Aglaé suçait gravement son pouce. Ses grands yeux verts, les mêmes que ceux de Florent et de sa mère, fixaient Alix.

—Ecoute-moi, ma douce, dit gravement la jeune fille, ne crois surtout pas que les hommes sont les plus forts. Nous sommes plus fortes qu'eux.

Aglaé éclata de rire. Ce son était le plus doux qu'Alix n'ait jamais entendu.

—Tu trouves ça drôle, ma jolie ? demanda Alix en l'emmaillotant, tu as raison ! C'est sûrement drôle, dans le fond. Mais pourrais-tu m'expliquer, toi qui es certainement une très vieille âme, pourquoi Ghislain semble s'être détourné de moi ?

Aglaé se mit à gazouiller joliment. Alix, émue, la prit dans ses bras.

—Je crois, douce Aglaé, que toi et moi sommes désormais liées l'une à l'autre.

Elle l'embrassa tendrement sur le front.

***

Paris, trois jours après.

Josselin sortit du jardin du Roi. Il avait fait provision des plantes, fruits et herbes habituelles pour reprendre la mer.

La dernière fois qu'il était venu, il était avec Florent. La trahison de son aimé était une plaie ouverte sur laquelle il s'efforçait de ne pas revenir.

Il s'efforçait également de ne pas se torturer l'esprit sur les derniers évènements, notamment cette convocation chez le Régent dont ce dernier n'avait jamais entendu parler. Une petite voix lui disait que tout cela tombait trop bien.

Beaucoup trop bien.

Cependant, tous deux avaient fini par y trouver leur compte. Le Régent lui avait confié une nouvelle mission : reprendre la Route de la Soie et rapporter une cargaison significative en France. Le système de Down n'avait pas rempli les caisses du royaume autant que Monseigneur le Régent l'espérait.

Sa première pensée avait été la suivante : il rapporterait une écharpe à Florent qui irait merveilleusement bien avec son manteau. Il pourrait également lui offrir des chemises et... Il s'était souvenu que Florent avait sacrifié leur amour pour ce maudit domaine.

Il s'apprêtait à regagner le Palais Royal quand une main se posa sur son épaule.

—Monsieur Kervadec ?

Il se tourna. Une femme très jeune, de taille moyenne, à la chevelure flamboyante, se tenait devant lui.

—Qui le demande ?

Elle planta ses yeux dorés dans les siens.

—Je suis une amie de Florent de Méricourt. Je dois vous parler.

Il s'apprêtait à partir quand la voix de la jeune femme le retint.

—On vous a menti. Florent est en danger. Vous devez le sauver.

Il s'arrêta et se tourna vers elle.

—Que me dites-vous là ?

Il regarda autour de lui.

—Les gens qui ont des secrets et ils sont nombreux à Paris, se rendent au Temple. On n'est jamais si bien isolé que dans la foule.

Entre les échoppes et les cris des marchands, Louve raconta toute l'histoire à Josselin. Celui-ci parvint à rester silencieux, mais elle pouvait sentir sa fureur.

A la fin de son récit, Louve demanda :

—Qu'allons-nous faire ?

Ile secoua la tête.

—Je vais galoper jusqu'au Duché de Mérac, passer mon épée à travers le corps de ce chien de duc et de sa putain de femme et sauver Florent de leurs ignobles griffes. Vous allez courir à Méricourt dire à ses parents que je leur ramène leur fils. Nous partons dans deux heures. Je dois retourner à la cour.

***

Philipe II d'Orléans avait rendez-vous avec ses principaux conseillers et l'une de ses maîtresses favorites quand le corsaire, Josselin Kervadec s'inclina devant lui.

—Sire, dit-il respectueusement, je suis au regret de retarder la mission que vous m'avez confiée. J'ai quelque chose de très important à faire en Bordelais.

L'esprit prompt du Régent fit tout de suite la relation.

—Florent de Méricourt ? demanda-t-il. Vous connaissez mon affection pour cette famille et ce jeune homme. Avez-vous besoin de l'aide de mes hommes ?

—Non, Sire, répondit toujours aussi respectueusement le corsaire, c'est une affaire que je dois régler moi-même.

Philipe d'Orléans le regarda longuement.

—Josselin Kervadec, dit-il gravement, seul le roi pourra un jour, vous faire comte de Méricourt. Sachez cependant que pour moi, vous êtes plus digne de porter le blason que tous mes roués.

Il sourit.

—Et pourtant, j'ai de l'affection pour ces sacripants. Partez, Josselin, volez au secours de celui que vous aimez. Et sachez qu'il y aura toujours une place à la cour pour vous deux.

Josselin s'apprêtait à partir quand le Régent l'interpella.

—Ami ! Laissez-moi au moins vous faire don de mon plus bel étalon.

Josselin s'inclina devant lui.

—Vous êtes un grand roi, monseigneur !

***

Mérac, trois jours après.

Louis de Mérac était aiguillonné par son désir de Florent. Quand il devint clair qu'il ne l'implorerait jamais, il décida de lui faire violence.

Avec un cruel sourire, il prit une cravache dans les écuries. Le temps n'était plus à la douceur. Si le jouvenceau ne se donnait pas entièrement à lui, il le ferait céder.

Quand il entra dans sa chambre, Florent émergeait tout juste des brumes de l'opium. Il se pencha sur lui et l'embrassa violemment en lui mordant les lèvres.

Un mélange de répulsion et d'excitation parcourut le jeune homme. Malgré lui, sa peau répondait aux caresses brutales du duc.

Celui-ci s'empara de sa cravache.

—Connais-tu le plaisir qu'on peut tirer de la douleur, Florent ? demanda-t-il.

Il cingla le dos de sa victime qui gémit.

—Tu réagis merveilleusement bien, poursuivit le duc, ôte donc ces vêtements inutiles. Je vais prendre ta bouche de la manière dont je t'ai parlé.

Dans la brume de la drogue et du désir, Florent n'avait plus la force de résister. Il s'apprêtait à enlever sa chemise quand le verrou de la porte sauta.

Ce qui se passa ensuite resta confus dans sa tête. Il vit entrer Josselin Kervadec, l'épée à la main. Il projeta brutalement le duc de Mérac contre le mur.

Ce fut l'instinct de Florent qui hurla pour lui :

—Ne le tue pas, Josselin ! Je ne veux pas que tu aies son sang sur les mains à cause de moi !

Son corsaire le contempla un instant, surpris, mais lui obéit. Il baissa son épée et lança au duc :

—Si vous envoyez vos hommes après nous, je les tuerai un par un. Puis, je reviendrai et vous tuerai aussi.

Il prit Florent par la main.

—Viens. J'ai promis à tes parents de te ramener à eux.

La chevauchée qui suivit fut emplie de brume et de pluie. Il se souvint vaguement avoir croisé Emilie qui n'avait pas fait un geste pour les retenir. Peut-être même avait-elle souri. Quelle étrange créature, issue d'un curieux diable à deux faces.

Quand il descendit de cheval, Florent s'écroula sur le sol.

Il sentit le parfum d'Alix, entendit la voix brisée par les sanglots de son père, vit Lambert se pencher vers lui et dire de son ton de médecin :

—Il est bourré d'opium. Laissez-moi seul avec lui.

La dernière chose qu'il se souvint avoir entendue fut la voix de son père.

—Vous avez sauvé mon fils, monsieur Kervadec. Vous pouvez désormais tout me demander.

CHAPITRE 9

Où Florent combat les démons de l'opium et retrouve l'amour de sa vie. Où le secret de Ghislain est révélé. Où Edmond Radiguet refait son apparition.

Florent passa les jours suivant son retour à Méricourt dans un brouillard entrecoupé de cauchemars et de crises de larmes. Lambert ne le quittait pas une seconde. Il avait interdit à quiconque de pénétrer dans la chambre.

Pendant ce temps, Alix continuait à régir Méricourt d'une poigne douce et ferme. Morgane était revenue quelques heures avant Josselin et Florent. Sa chevauchée éperdue l'avait épuisée. Lambert lui avait ordonné de s'étendre et de boire des tisanes. Elle avait accepté non sans lui avoir dit :

« Nous ne sommes pas encore mariés que vous me tyrannisez déjà ! »

Cette taquinerie avait ravi Lambert, même s'il se refusait à espérer que sa belle changea d'avis sur une éventuelle union. Elle était sûrement sous le coup de l'émotion.

Le retour de son fils avait ramené Athénaïs à la vie. Les bons soins de Lambert et Alix avaient fait le reste.

Ce matin-là, elle put sortir de sa chambre et fit quelques pas dans le jardin où elle trouva Josselin Kervadec. Il s'inclina devant elle.

—Comtesse, dit-il courtoisement, je me réjouis de vous revoir en meilleure santé.

—Relevez-vous, monsieur Kervadec, répondit-elle, je sais que je vous dois la vie de mon fils. Ma reconnaissance vous est entièrement acquise.

—La seule chose que je vous demande, à vous et au comte est le droit d'aimer Florent.

Il mit un genou à terre devant elle.

—Je ne pourrai jamais l'épouser. Mais je vous jure solennellement de consacrer ma vie à le rendre heureux.

Athénaïs traça une croix sur le front du corsaire.

—Aucun prêtre ne bénira votre amour, déclara-t-elle, mais je suis sûre que Dieu le fera car il sait de quelle force sont les sentiments qui vous lient.

Il se releva.

—Savez-vous comment va mon fils ?

Josselin secoua la tête.

—Hélas, non. Lambert dit qu'il doit être seul pour que l'opium quitte son corps. Il l'aide comme il le peut, mais il ne nous a pas caché son inquiétude. Comtesse, c'est également pour cette raison que j'ai voulu vous voir. Vous êtes la mère de Florent et…

—Si vous connaissez un moyen de soigner mon fils, faites-le même si vous devez faire intervenir le diable en personne ! s'exclama Athénaïs.

Josselin se mit à rire.

—Rien de tout cela. Au cours de mes périples, j'ai rencontré un homme exceptionnel. Il n'avait rien de diabolique, mais possédait une science unique et encore inconnue ici. J'ai reçu une lettre de lui. Il revient de Saint-

Jacques de Compostelle. J'ai pris la liberté de lui envoyer un messager.

—Vous avez bien fait, répondit spontanément Athénaïs. Me ferez-vous un brin de conduite ? Je crois que mon mari est aux écuries. Il sera surpris et ravi de me voir.

Sentant la faiblesse de la mère de son aimé, Josselin accepta volontiers.

Quand il vit sa femme, Thibaud poussa un cri de joie et la souleva dans ses bras. Encore faible, elle manqua tomber, mais son mari la retint.

—Vous allez mieux ! hurla-t-il. Que Dieu et Marie la très sainte soient bénis ! Comment va notre fils ? Savez-vous que Josselin Kervadec l'a sauvé ? Alix a pris soin de notre fille et...

—Calmez-vous Thibaud ! rit Athénaïs. Puisque Lambert nous refuse la vue de notre fils, allons ensemble voir notre fille.

Le vent commençait à souffler et la pluie à tomber.

—Si vous voulez bien, ma très aimée, rétorqua Thibaud, je vais poursuivre ce que je faisais : veiller au confort et à la sécurité de nos chevaux avant la tempête qui s'annonce.

Tandis qu'aidée par Josselin, Athénaïs revenait vers le château, Thibaud passa de stèle en stèle. Il termina par celle de Perséphone qui lui sembla anormalement agitée. Il caressa ses naseaux si doux et lui murmura quelques paroles apaisantes.

Soudain, la jument fit une petite ruade qui fit tomber deux meules de foins.

Un coffre en bois s'ouvrit dans leur chute.

Il était empli de louis d'or. Le comte s'en empara et le cacha dans l'armoire de sa chambre.

Il se rendit dans les appartements de sa femme. Elle était dans sa chambre avec Alix qui l'avait aidée à s'allonger dans son lit et lui avait mis Aglaé dans les bras Celle-ci, nullement contrariée par le biberon, tétait avec appétit.

Il s'approcha timidement.

—Venez, mon seigneur, dit tendrement Athénaïs, regardez comme la future comtesse est gourmande !

Timidement, Thibaud caressa le crane de sa fille.

—Elle est brune, comme moi. Ses yeux sont verts, comme les vôtres.

Leurs regards se croisèrent. Le secret de la naissance d'Aglaé resterait entre eux.

***

Le coffre aurait probablement alimenté les conversations du château, mais ce soir-là, Florent fit une crise si violente que Lambert crut qu'il allait y laisser sa raison. Thibaud dut courir à Bordeaux dans la tempête pour se procurer des plantes calmantes à *l'herbe folle.* Affolé, Josselin implora Lambert de le laisser voir Florent. Celui-ci finit par se laisser fléchir.

Le spectacle était affreux. Florent était blanc comme un linge, ruisselant de sueur froide et hurlait comme un possédé. Ses yeux étaient écarquillés, comme s'il était hypnotisé par une vision de cauchemar. Il ne cessait de vomir et s'urinait dessus.

—Florent…, souffla-t-il. Florent, mon amour. Je suis là. Je suis Josselin. Quand tu iras mieux, je t'emmènerai sur ma *Rose de Saint-Malo*. Je t'offrirai la route de la Soie et je te couvrirai de merveilles. Nous retournerons au Canada. Nous irons même à Rio, en Floride. Mon amour, reviens. Tes parents t'attendent, ta petite sœur aussi. Méricourt. Tous tes amis. Reviens, s'il te plait.

Le ton de sa voix sembla apaiser le jeune homme. Il posa sa tête sur son torse. Même s'il suait et gémissait encore, il était plus calme. Quand Lambert lui administra sa potion calmante, il parvint enfin à s'endormir.

Lambert et Josselin discutèrent très tard dans la nuit.

—Pensez-vous que l'état de Florent n'est dû qu'à la drogue ? demanda Josselin.

Lambert secoua la tête.

—Je ne pense pas. Son corps se sèvre de l'opium, ce qui explique ses fortes suées et ses crises, mais il est en proie à une terreur qui semble bien plus profonde.

—Je pense la même chose que vous, répondit Josselin. Et j'ai eu une idée. Je connais un homme qui possède l'étrange pouvoir d'apaiser toutes les peurs. Ce n'est ni un exorciste, ni un prêtre, juste un homme d'une grande sagesse.

—Quel est son nom ? demanda Lambert, curieux.

—Edmond Radiguet.

***

Edmond Radiguet, sa laideur sympathique et ses yeux luisants d'intelligence, posa ses bagages à Méricourt deux jours après.

Il ne perdit pas de temps en propos mondains et alla directement au chevet de Florent.

Il passa la matinée avec lui. En sortant de la chambre, il fit venir Lambert.

—Son corps a été admirablement soigné, dit-il, mais son esprit s'est fermé. Il doit s'ouvrir pour que la lumière revienne.

—Je suis arrivé aux mêmes conclusions, approuva Lambert, mais comment faire ?

Edmond sourit tristement.

—Malheureusement, il n'y a qu'une seule solution. Il doit revivre ce qui s'est passé à Mérac.

Il regarda Lambert.

—J'ai quelques plantes qui l'aideront à revenir à ces souvenirs douloureux. Je serai près de lui et je le questionnerai. Quand il reviendra, il sera délivré de ces horreurs. Me faites-vous confiance ?

Lambert hocha la tête.

—Faites ce que vous devez faire.

Il profita de sa liberté pour aller rendre visite à Louve. Celle-ci piaffait de son repos forcé. Il refusa de la laisser se lever.

—Ma douce, dit-il fermement, vous avez finalement décidé de garder cet enfant en vie. Autant le mener à bon terme.

—Je m'ennuie ! gémit Louve. Distrayez-moi en me racontant les potins de Méricourt.

Soulagé de se confier, Lambert lui parla de l'état de Florent. Louve se montra attentive et inquiète.

—Par Dieu, cet homme me semble fort dangereux, dit-elle. Que se passera-t-il si…

Elle ne termina pas sa phrase. Ils n'en avaient pas besoin pour se comprendre.

Au moment de la quitter, Louve lâcha une phrase qui faillit faire mourir Lambert de bonheur.

—Mon cher, comme j'attends votre enfant, peut-être serait-il de bon ton de devenir votre femme ?

Il se retourna, tomba à genoux devant le lit de Louve et lui prit la main.

—Il serait même de très bon ton que vous deveniez ma femme !

Elle l'aida à se relever et l'attira contre elle. Avant de lui dévorer la bouche et le corps de baisers, il ajouta, la voix brisée d'émotion :

—Ma sauvageonne, ma fée verte des forêts, je n'osais plus espérer que vous me fassiez un tel cadeau.

Louve le fit taire d'un long baiser.

***

Florent somnolait quand Edmond entra dans sa chambre.

—Florent, dit-il fermement, je ne sais pas ce que vous percevez. Notre médecine est hélas, fort sotte pour les troubles de l'esprit humain. J'ai bien peur, d'ailleurs, que cela ne change guère pendant plusieurs siècles. Mais je vais faire comme si vous m'entendiez et que vous me compreniez. Si c'est le cas, serrez mon poignet.

Il défaillit de soulagement quand il sentit une étreinte.

—Très bien, dit-il. Ecoutez-moi : je vais vous donner une potion où entrent de la belladone, de la mandragore et du datura. Ce sont des plantes qui provoquent des visions. Celles-ci doivent vous mener à Mérac.

Il vit le corps du jeune homme se tordre de terreur.

—C'est donc bien à Mérac que vous ramènent vos cauchemars. Florent, vous ne serez plus seul. Je serai là. Je vous questionnerai et quand il le faudra, je vous ramènerai ici. Et quand votre voyage sera terminé, vous serez délivré de vos démons. Vous êtes d'accord, Florent ? Serrez mon poignet.

Nouvelle étreinte et des mots prononcés dans un murmure :

—Josselin. Je ne ferai rien sans lui.

Edmond fut sur le point de refuser, mais le regard implorant du jeune homme le fit céder.

Quand Josselin fut assis à ses côtés, il but l'infusion épouvantablement amère et sombra vite dans un état second. Son aimé lui prit la main.

—Florent, dit fermement Edmond, n'ayez crainte. Tout ce que vous voyez n'est pas réel, mais pour sortir de votre état, il faut que vous me le décriviez. Que voyez-vous ?

—La chaumière des parents de Louve. Elle a brulé. Un villageois me dit qu'ils sont morts. C'est… Artémis qui m'a guidé.

—Très bien. Continuez, Florent. Que faites-vous, ensuite ?

La voix de Florent était dépourvue de toute émotion.

—Je galope vers Mérac. Lambert m'a donné une missive. Louve est leur prisonnière. J'arrive au château. Oh, non !

—Florent, que voyez-vous ?

La main du jouvenceau se crispa dans celle de Josselin.

—Emilie. Elle me dit qu'elle tuera sa sœur et me tuera quand son mari aura fini de s'amuser de moi. Je tente de m'enfuir, mais je suis rapidement maitrisé. J'ai mal… J'ai mal ! Des coups, je reçois des coups… Je tombe sur le sol. On me ramasse sans douceur et on me jette… Sur le sol ? Non, sur un lit. J'entends la porte se fermer. Je tente de lutter… Mais je suis si fatigué…

—Restez éveillé ! s'exclama Edmond, surtout ne vous endormez pas. Continuez, Florent. Que voyez-vous ?

—Le duc de Mérac rentre dans ma chambre. Il me demande de me déshabiller. Je refuse, mais il insiste. Je tombe à ses pieds. Oh, je suis si lâche ! Josselin ! Josselin !

Bouleversé, le corsaire aurait nettement préféré se trouver sur le pont d'un navire espagnol qu'ici, à contempler impuissant l'homme qu'il aimait se tordre sous l'effet de ses visions cauchemardesques.

—Je suis là, mon amour, souffla-t-il néanmoins. Je suis là, mon petit noble, mes prunelles vertes, mon poison violent. Je suis là. Que vois-tu ? Que t'a fait le duc de Mérac ?

—Rien, gémit Florent. Je suis à ses pieds, je l'implore de te laisser être le premier à m'initier au plaisir charnel. Je l'implore également de te réserver mes baisers. Il rit méchamment, mais il accepte. Il me donne une potion… magique. C'est de l'opium.

Sa voix se transforma en gémissements.

—Merveilleux opium ! Quand je sors de ton paradis, je pense à Josselin, à mon père, ma mère. Alix. Louve. Ma petite sœur. Je veux les revoir et je suis enfermé ! Pitié, pitié, donnez-moi de l'opium !

Son corps se couvrit d'une sueur glacée. Edmond ramassa une couverture de fourrure et l'en recouvrit.

—Que se passe-t-il ensuite, Florent ? demanda-t-il.

—Je ne sais plus, soupira le jouvenceau. Je sais juste que... Emilie vient me voir. Elle me parle de certaines choses. Je suis damné. Mon amour pour Josselin me condamne aux feux de l'enfer. Mais que m'importe tant que j'y brule avec lui ? Oh, ce désir... Je le hais ! Mon esprit hait le duc de Mérac mais mon corps le désire. Ma main ne peut me satisfaire...

Josselin sentit son ventre se retourner en voyant Florent faire un geste très intime. Edmond leva une main apaisante.

—Laissez-le faire. Je sais que c'est terrible pour vous, mais il doit aller au bout de ce voyage.

Il se tourna vers Florent

—Continuez. Vous croyez désirer le duc de Mérac ? Rassurez-vous, ce n'est l'homme qui vous enflamme, mais l'opium. Bientôt, tout cela va passer. Continuez.

La voix de Florent était plus ferme.

—Le duc croit que je ne l'entends pas. Il se trompe. Malgré la confusion de mes sens, j'entends tout ce qu'il dit. Je résisterai à ce désir. Je me tuerais plutôt que de laisser un autre que Josselin me toucher. Je jure que je me tuerais.

Sa voix se brisa.

—Mon Dieu, mon Dieu... C'est pire que tout. Il y a un espion du duc et de la duchesse à Mérac. Même Emilie ne veut pas me dire qui il est. Je veux pourtant le savoir. Je vais être plus attentif. Plus question de boire entièrement ce bol.

Il se tut une minute. Quand il reprit la parole, il pleurait.

—Comment est-ce possible ? Autant mourir. Autant me laisser mourir. Mon ami, mon frère de lait. Comment a-t-il pu me trahir ainsi ? Je vais boire cette infusion. Au moins ferais-je taire cette insupportable souffrance. Voilà le duc de Mérac. Qu'il fasse de moi ce qu'il veut. Je ressens même un étrange plaisir à ces coups. Je suis possédé par Satan. Je serai damné. Mais… Josselin ! Non, ne le tue pas !

Josselin et Edmond échangèrent un regard affolé. D'une voix mal assurée, Edmond reprit :

—Maintenant, Florent, vous allez ouvrir les yeux. Et vous aurez oublié tous vos cauchemars.

Un silence de cathédrale tomba sur la chambre. Florent semblait absent. Soudain, sa voix résonna, ferme et nette.

—Josselin ?

Josselin se pencha vers lui.

—Oui, Florent, me voilà. Je suis à tes côtés. Comment te sens-tu ?

—Bien, répondit le jouvenceau. Faites venir mon père.

Quelques instants plus tard, Thibaud était là. Florent se redressa sur ses oreillers et planta ses yeux verts dans les siens.

—Père, dit-il, un traître est dans nos murs. Et pendant mon voyage, (il sourit à Edmond), je me suis souvenu de son nom. J'ai l'immense tristesse de vous dire qu'il s'agit de mon frère de lait. Ghislain Beaumont.

CHAPITRE 10

Où Ghislain fuit Méricourt. Où Alix fait preuve d'une force d'âme inattendue. Où le bonheur arrive enfin pour Florent et Josselin.

Perle et son fils se préparaient à diner quand la porte s'ouvrit sur le maitre de maison accompagné de Florent. Ghislain bondit vers lui.

—Florent ! Tu es enfin revenu ! Je suis si…

—Déçu de ne pas avoir exhorté plus d'écus aux Mérac ?

La voix de son ami était si triste que le jeune homme renonça à mentir.

—Florent, il faut que tu comprennes…, commença-t-il.

—Non. Je refuse de comprendre ta trahison. Père, je vous laisse le choix du châtiment de ce traître. Je vous demande simplement, non pas pour lui mais pour sa mère, de faire preuve de clémence.

Il sortit de la demeure de son ami.

Josselin l'attendait un peu plus loin. Il l'enlaça. Sans un mot, il posa sa tête sur la robuste épaule du corsaire.

Dans la salle de la demeure de Perle, Thibaud lança d'une voix tranchante :

—Vous mériteriez le gibet, Ghislain. Mais comme le dit mon fils, votre mère elle, ne mérite pas une peine semblable.

Il posa le coffre sur la table.

—Cette fortune que votre fils a gagnée en vendant son ami est désormais à vous, Perle. Je vous laisse le choix du châtiment de votre fils. Qu'il évite simplement de se présenter au château. La comtesse l'écorcherait vif et je la laisserai faire.

Avant de partir, il se retourna.

—Je lui laisse également le soin d'expliquer à Alix la façon dont vous avez vendu Florent au père qui l'a violentée.

Il sortit, laissant Ghislain face à sa mère.

—Que peux-tu me dire ? demanda Perle. Comment vas-tu m'expliquer cette ignominie ?

Elle se leva. La colère la faisait étinceler littéralement.

—Nous n'avons rien que la bonté des Méricourt ! s'exclama-t-elle. Tu n'as échappé au gibet que parce que monsieur le comte est assez bon pour cela ! Comment as-tu pu ?

Ghislain ne répondit pas. Il se contenta de fixer la fenêtre.

Perle renonça à le faire parler. Elle ne tenait pas plus que lui à entendre ses raisons.

D'ailleurs elle les connaissait : Alix de Mérac. Il voulait lui offrir tout le confort auquel la jeune duchesse était habituée. L'amour était stupide car cette injustice qu'il avait commise allait probablement la détourner à tout jamais de lui.

***

Ghislain sortit discrètement de sa demeure. Perle dormait profondément. Il griffonna un mot et se dirigea vers les écuries. Il toucha la bourse qu'il avait remplie des écus du trésor dont Thibaud avait voulu le priver.

Hermès l'attendait. Son cheval était un don du comte. Le manteau qu'il avait sur le dos un don de la comtesse. Comme sa mère le disait, il n'avait que les bontés des Méricourt.

Pourquoi ne comprenait-elle pas que c'était aussi ne plus dépendre de ces bontés qu'il avait vendu Florent ?

—Vous pensiez pouvoir partir sans me dire au revoir ?

Vêtue d'un manteau de velours sur sa robe de nuit, en cheveux et plus belle que jamais, la brune Alix lui faisait face.

Il s'apprêtait à prendre son cheval, mais elle lui barra la route.

—Non, dit-elle fermement. Je veux entendre vos raisons. Pourquoi avoir trahi votre ami ?

—Pour vous, Alix !

Il tomba à genoux.

—Vous n'auriez pas pu vivre dans la pauvreté. Si tout s'était déroulé comme prévu, je serais allé à Paris. J'aurais mis une partie de ces écus dans la banque du financier Lawn. Nous aurions eu un château, des serviteurs. Vous êtes une créature sensible et fragile, Alix. Je voulais vous épargner les souffrances de l'existence.

—Mais que me chantez-vous là ?

Alix était stupéfaite.

—Quelle est cette image de péronnelle que vous avez de moi ? Je vous ai pourtant raconté les violences que mon père m'a fait subir. Croyez-vous que j'accorderais une importance quelconque à un château ? Des serviteurs ?

Elle s'agenouilla près de lui.

—J'aurais vécu dans une masure, si vous étiez près de moi. J'aurais pu tout accepter pour vous. Sauf cette traîtrise envers les Méricourt. Florent était votre ami !

—Mais ne comprenez-vous pas ? On ne cesse de me dire que je dois tout aux Méricourt, que Florent me traitait comme un égal, qu'il était mon ami, mon frère de lait. Croyez-vous réellement que je l'ignore ?

Sa voix se durcit.

—Comment a-t-il pu vous dédaigner ? Comment a-t-il pu refuser de vous épouser ? Comment…

Il secoua la tête.

—Il vous a trahie, Alix et je ne comprends pas votre indulgence envers lui.

Fougueusement, la jeune fille répondit :

—Il ne m'a pas trahie. Il m'a sauvée. Il s'est montré loyal et courageux. Je sais où vont ses inclinaisons. Peut-on vraiment résister à l'amour ?

Elle le regarda.

—Sans lui, nous ne nous serions jamais rencontrés. Je n'aurais jamais connu l'amour. Ghislain, y avez-vous pensé ?

—Evidemment ! répondit fougueusement le jeune homme. Mais encore une fois, à qui dois-je cet amour ?

—À vous, répondit doucement Alix, à moi. A nous.

Ghislain secoua la tête.

—Si Florent ne vous avait pas rejetée pour ses… ignobles inclinaisons, vous ne seriez jamais tombée amoureuse de moi. Jamais vous ne vous seriez donnée à moi. Jamais. Vous auriez, comme toute femme, préféré le jeune noble aux yeux verts et non le paysan qui lui doit tout, comme me le répète si plaisamment ma mère.

Alix se leva d'un bond. Ses yeux bleus étincelaient de colère.

—Comment osez-vous ? Qui vous autorise à penser à ma place ?

Elle s'apprêtait à sortir, puis se tourna vers lui.

—Partez. Partez tout de suite. Je ne dirai à personne que je vous ai vu. Mais partez et peut-être un jour, quand vous serez moins lâche et moins stupide, nous nous reverrons.

Brisé, Ghislain tomba à genoux.

—Alix, venez avec moi !

Elle hésita un instant, puis regarda Méricourt.

Elle était sincère. Ce n'était pas le luxe, ni la richesse, ni le confort qui la retenaient ici, mais la famille qu'elle y avait trouvée.

Elle ne répondit pas, mais secoua la tête.

Quand Hermès disparut dans la forêt, elle éclata en sanglots.

—Il est parti ?

Elle sursauta. Florent était devant elle. Il l'aida à se relever.

—Vous êtes gelée. Venez vous réchauffer devant le feu. Perle a préparé de l'hydromel. Dieu, que cette nouvelle va être douloureuse pour elle !

Ils entrèrent dans la vaste cuisine. Sur le conseil de Florent, Alix ôta ses vêtements mouillés et s'enveloppa dans une couverture de fourrure.

—Comment as-tu su que c'était lui ? demanda-t-elle.

Tristement, le jeune homme répondit :

—J'écoutais tout ce qu'ils disaient. Même quand mon esprit s'égarait, j'entendais leurs voix. Un jour, Emilie a parlé de son espion à Méricourt. Elle a cité le nom de Ghislain et a expliqué que son serviteur l'avait payé très cher pour qu'il lise mes lettres. Dès lors, il a été facile pour eux de retrouver la trace de Josselin.

Sa voix se brisa.

—Je suis heureux qu'il soit parti, Alix.

Délicatement, elle posa sa tête sur son épaule.

—Moi aussi. Au moins pourra-t-il continuer à vivre loin du regard pesant des Méricourt.

Florent l'enlaça. La nuit suivait lentement son cours.

***

Josselin chercha Florent à côté de lui. Même si l'état de son aimé s'améliorait, il avait toujours du mal à dormir et passait la nuit à errer dans le château.

L'inquiétude le guida jusqu'à la chambre où dormait Edmond. Celui-ci fumait la pipe en prenant des notes sur un grimoire.

—Entrez, Josselin ! dit-il, je devine ce qui vous tient éveillé. J'ai entendu Florent sortir de sa chambre. Voulez-vous un peu de tabac ?

—Avec plaisir, répondit Josselin, et vous avez bien deviné les raisons de mon inquiétude.

Ils fumèrent en silence pendant quelques minutes. Puis, Edmond finit par dire :

—Je ne connais qu'une solution, mon ami. Et il n'est pas certain qu'elle marche. Florent et toi me paraissez très amoureux mais vous vous connaissez fort mal, n'est-ce pas ?

—Nous avons été trop vite séparés, répondit Josselin, et les lettres ne remplacent pas la présence. Je l'aime et je ferai tout pour l'aider, mais j'ai peur que le remède soit pire que le mal.

Edmond médita quelques instants.

—Que vous dit votre instinct ? demanda-t-il.

Spontanément, Josselin répondit :

—Je veux le faire vibrer de mes caresses et ôter de sa peau toute trace de Louis de Mérac. J'avais cet homme au bout de mon épée et il m'a empêché de le tuer. Je ne sais que penser et je crains que malgré tout, Florent garde une certaine nostalgie de ce monstre.

—Josselin, répondit Edmond d'un ton persuasif, l'infusion qu'il a bue contenait des plantes aux vertus hypnotiques. Il est impossible de mentir dans cet état.

—Comment l'avez-vous découvert ? demanda brutalement Josselin.

Edmond ne s'en formalisa pas.

—En tant que savant un peu fou, j'aime faire des expériences. J'ai bu une infusion un jour et me suis retrouvé plongé dans des souvenirs oubliés depuis longtemps. Je me suis revu enfant, courant à travers les tissus et les draps de la boutique de mon père. Je l'ai également vu mort, étendu sur le sol. J'ai entendu ma mère hurler. Elle est morte deux mois plus tard. Un amour passionné les unissait. Elle n'a pas su vivre sans lui.

Il secoua la tête.

—Il est impossible que Florent ait menti ou dissimulé l'horreur que ce monstre lui inspire. Mais vous avez le pouvoir d'effacer ou tout du moins de diminuer ces souvenirs.

—Je vous écoute, dit le corsaire, impatient.

—Suivez votre instinct. Emplissez la peau de votre jouvenceau de vos caresses. Apprenez-lui la joie ineffable de deux corps qui s'unissent et s'aiment d'un véritable amour.

Les sens des mots d'Edmond étaient clairs et effrayants aux oreilles de Josselin.

Faire l'amour à Florent ? Il le désirait depuis toujours. Mais oserait-il seulement l'évoquer ?

Il regagna sa chambre où son aimé l'attendait. Il lui sourit.

—Ghislain s'est enfui, soupira-t-il, c'est terriblement lâche de sa part, mais cela me soulage.

Josselin s'allongea près de lui. Immédiatement, Florent se blottit contre son torse.

—Mon cher corsaire, dit-il en riant, je sais que vous vous êtes promis de me faire vôtre dans la cabine de votre *Rose de Saint-Malo,* mais je brûle d'impatience et...

—Edmond vient précisément de me tenir un discours fort édifiant, l'interrompit Josselin. Il pense que pour que tu retrouves le sommeil, il faut que je te fasse l'amour.

Dans un soupir d'aise, Florent l'entoura de ses bras.

—Qui sommes-nous pour désobéir à la Faculté ?

Josselin était un corsaire. L'amour, pour lui, était souvent rapide et parfois brutal.

Cette nuit-là fut unique. Ne voulant pas brusquer son jeune amant, il passa des heures à découvrir son corps. Sa peau, son odeur, son gout sur ses lèvres, tout était un festin dont il n'était jamais rassasié.

Florent répondit à ses caresses, d'abord avec timidité. Puis son audace naturelle prit le dessus.

Quand ils sombrèrent dans le sommeil, le coq annonçait l'aube.

***

Florent n'apparut dans le salon du château qu'à midi passé. Malicieuse, Louve lança :

—Ta nuit semble avoir été fort agitée !

—Certes, répondit Florent, mais agitée de façon délicieuse. Où est ma petite sœur adorée ?

Athénaïs leva les yeux au ciel.

—Cher fils, le détail de vos nuits et leur agitation…

Tout le monde éclata de rire, même Perle, dont les yeux rouges disaient pourtant la tristesse. Alix et elle se tenaient les mains.

—…Ne devraient pas être connu de tous. Quant à votre petite sœur, elle dort paisiblement après son repas du midi. Vous pourrez aller la voir plus tard.

Josselin flânait dans le parc du château, le bonheur au cœur. Malgré les menaces qui se pressaient à l'horizon des Méricourt, il ne pouvait réprimer ses sursauts de joie.

Cette nuit avait été unique et merveilleuse. Le monde tournait autour de Florent, son amour, son aimé.

Il regarda autour de lui. Méricourt, ce château sans grandiloquence, tout en longueur, qui lui rappelait les longères de sa Bretagne natale, le parc ouvert sur la forêt laissant la nature s'épanouir, les feuilles qui commençaient à tomber, la forêt, les chevaux.

Depuis son arrivée, se sentiments avaient évolué. Même si son cœur était resté sur sa *Rose* et voguait au fil de l'océan, il comprenait qu'il serait tout aussi vain d'arracher Florent à Méricourt que d'arracher Méricourt à Florent.

—Josselin ?

Il venait précisément de sortir du château. Le corsaire lui sourit tandis qu'il le rejoignait.

—Je contemple ton domaine, dit-il, il est magnifique et je comprends que tu ne souhaites pas l'abandonner.

Florent planta ses merveilleux yeux verts dans ceux de Josselin.

—Tu as vu juste, dit-il, je ne quitterai pas Méricourt tant qu'Aglaé et l'homme qu'elle épousera un jour ne seront pas en mesure de s'en occuper.

Il se rapprocha de son corsaire qui l'enlaça.

—Nous trouverons le moyen de nous voir, lui jura-t-il, et un jour, je partirai avec toi sur ta *Rose de Saint-Malo*. Je t'aimerai toujours.

Florent n'avait jamais été aussi beau et aussi sincère qu'en prononçant ces mots. Josselin l'embrassa.

—Moi aussi, je t'aimerai toujours.

—Que de jolis serments !

Rieuses, Alix et Louve, la brune et la rousse, s'approchaient d'eux. Une tristesse sourde assombrissait le regard bleu d'Alix, tandis que celui de Louve s'égarait parfois au-delà de la forêt.

Si l'innocence d'Alix avait été brisée par son père, celle de Louve était partie en fumée avec la chaumière de ses parents.

Venu du château, un cri de bébé attira leur attention.

—Josselin, dit Florent, veux-tu bien m'accompagner voir ma petite sœur ?

—Avec plaisir, répondit Josselin, la vue de ce magnifique nourrisson me réjouit toujours. Mesdemoiselles, nous feriez-vous la joie de votre compagnie ?

—Non, répondit Louve, je vais chevaucher Latone.

Quand ses amis furent partis, elle scella sa jument et galopa en direction du village.

Les restes de la chaumière étaient restés sur place. Deux tombes surmontées de deux croix avaient été creusées juste à côté.

Elle s'agenouilla et prononça une prière.

En se relevant, elle ajouta :

—Père, mère, je poursuivrai ma sœur et la tuerai de mes mains, même si c'est la dernière chose que je devrai faire.

Ses mains vinrent protéger son ventre.

—J'espère juste ne pas donner naissance à cet enfant en prison.

CHAPITRE 11

Où le duc de Mérac se venge. Où Thibaud sauve Alix. Où Louve commet un crime.

Le drame frappe toujours lorsque personne ne l'attend. Les habitants de Méricourt, qu'ils soient permanents ou invités, ne pouvaient deviner ce qui était sur le point de se passer.

Personne, à part peut-être les animaux sauvages, ne vit les silhouettes noires sortir en cascade du château de Mérac.

Personne ne les entendit se déplacer. Sauf peut-être les loups qui rôdaient.

Personne ne donna l'alerte à Méricourt. Topaze dormait près de sa maitresse dont il avait probablement senti la tristesse. Artémis avait rejoint son galant tout au fond de la forêt.

Personne ne put empêcher la horde de vengeurs d'envahir le château.

Ils arrivèrent par grappes, tuant les serviteurs qui se dressaient contre eux. La vieille nourrice de Thibaud ne leur donna pas la satisfaction de la tuer dans son sommeil. Son cœur lâcha quand elle les vit. Seule Perle, qui ne dormait plus depuis le départ de Ghislain, put se glisser en dehors du château et se cacher dans la forêt.

Ce fut le cri des serviteurs assassinés qui réveilla Alix. Elle bondit du lit, attrapa un tisonnier et sortit précipitamment pour réveiller le comte.

Elle s'apprêtait à frapper à la porte quand un homme s'empara d'elle et la plaqua contre le mur. Il n'eut aucun mal à la désarmer en lui tordant le bras. Elle mit un point d'honneur à ne pas gémir.

—Bien jolie, la traîtresse, susurra-t-il, votre père m'a dit que vous étiez froide comme un glaçon, mais je suis sûr qu'il n'a pas su s'y prendre.

Il dénuda brutalement ses seins. Un fou rire nerveux saisit Alix tandis que l'homme tentait de la caresser.

—Croyez-vous me faire de l'effet ? demanda-t-elle, le premier homme que j'ai connu était mon père. Le viol a été mon quotidien pendant des années. J'y ai survécu. Vous n'aurez qu'une forme morte dans vos bras. Il a tué mon corps depuis longtemps mais mon âme est immortelle et survit. Elle s'enfuit pendant cet acte. Vous m'êtes indifférent. Seul Ghislain a su réconcilier mon âme et mon corps et il est parti. Indifférent ? C'est bien plus que cela. Vous n'existez même pas !

Ce discours mit l'homme en rage. Il sortit un poignard.

—Petite garce, je vais envoyer votre âme rejoindre votre corps !

Alix ferma les yeux et adressa une prière ultime à l'âme de sa mère. Elle s'apprêtait à mourir dignement, sans donner à ce lâche la satisfaction de l'entendre supplier.

Elle n'entendit qu'un cri. Quand elle ouvrit les yeux, sa robe était couverte de sang.

Son assaillant était à ses pieds, mort.

Devant elle, se trouvait Thibaud de Méricourt, l'épée à la main.

—Alix, dit-il, ces lâches ont tué nos serviteurs. Ma vieille nourrice tant affectionnée… Son cœur a lâché quand elle les a vus.

Louve et Lambert les rejoignirent. Puis, Florent et Josselin. Athénaïs, escortée par Edmond fermait le cortège.

—Six hommes et trois femmes ! s'exclama amèrement Florent. Il faudrait une armée pour reprendre le château à ces barbares !

Ils s'étaient tous réfugiés dans la chambre que Thibaud avait fermée à clef et devisaient à voix basse.

—Florent, reprocha tendrement Josselin, une armée ne peut rien pour neuf personnes déterminées et prêtes à donner leur vie ! N'est-ce pas notre cas à tous ?

Il posa sa main sur la table.

—Méricourt ou la mort, dit-il.

Florent posa la sienne par-dessus celle de Josselin.

—Méricourt ou la mort.

Louve l'imita.

—Méricourt ou la mort.

Ils posèrent tous leurs mains et répétèrent en chœur :

—Méricourt ou la mort.

Thibaud serra son fils contre lui.

—Florent, dit-il, il est temps d'aller affronter notre destin. Méricourt ou la mort !

Armés jusqu'aux dents de tout ce qu'ils avaient pu trouver, les neuf résistants de Méricourt sortirent de la chambre.

Alix transperça deux des séides du duc avec son tisonnier. Le sang de ses ennemis la couvrait entièrement. L'ivresse du combat la transformait en guerrière.

Thibaud tua de sa main trois hommes.

Athénaïs traversa le château pour aller chercher Aglaé. Elle avait caché un poignard dans sa robe de nuit. Aucune puissance humaine et céleste ne l'aurait empêchée de rejoindre sa fille.

Le spectacle qu'elle trouva lui glaça le sang.

Aglaé était tombée aux mains des mercenaires. Elle hurlait tandis qu'un homme la tenait par son bras frêle, juste devant la cheminée.

—Un pas de plus, dame, et je jette votre fille dans le feu, menaça-t-il.

Athénaïs s'immobilisa.

—Adélaïde, supplia-t-elle mentalement, protège Aglaé ! Fais qu'elle ne connaisse pas une mort horrible à un âge si tendre ! Prends ma vie plutôt que la sienne !

De longues et terribles secondes s'écoulèrent.

Soudain, telle une déesse de la guerre, Louve surgit et sauta sur l'homme. Elle lui fendit le crâne d'un coup de hache et attrapa Aglaé au vol pour la tendre à sa mère.

—Mettez-vous à l'abri, comtesse, ordonna-t-elle. Nous avons de la chance. Le duc paie et traite si mal ses soldats que peu nombreux sont ceux qui acceptent de travailler pour lui ! Il ne lui reste que les imbéciles et les brutes.

Athénaïs, sur le point de s'évanouir de peur, lui adressa un pâle sourire.

—Vous semblez très bien renseignée, dit-elle.

—J'ai beaucoup écouté, répondit Louve.

Tout autour d'elles, les cris d'agonie se multipliaient. Elles ignoraient qui, des résistants de Méricourt ou des assaillants de Mérac, gagnaient le combat. Athénaïs, voyant qu'Aglaé s'apaisait et s'endormait contre elle, décida d'aller se cacher dans les bois tandis que Louve reprenait le combat. Alix, qu'elles croisèrent, échevelée et ruisselant de sang, avait définitivement oublié la sage jeune fille qu'elle était censée être.

Elle se dirigea vers le jardin. Au moment où elle croyait l'atteindre, elle se sentit emprisonnée par un bras musclé.

—Pas si vite, belle dame, chuchota une voix ignoble, le duc nous a ordonné de vous ramener à lui. Il tient beaucoup à vous donner le dernier coup lui-même, non sans avoir découvert les charmes qui ont ensorcelé ce nigaud de comte.

Mécaniquement, Athénaïs répondit :

—Je vous suis si vous remettez ma fille dans des bras sûrs. Votre duc peut me tuer, mais elle a le droit de continuer à vivre.

—Très chère, ce n'est pas vous qui décidez...

—C'est vrai, répondit une autre voix qui donna le frisson à Athénaïs, c'est moi.

Les fourrés s'écartèrent pour laisser passer Ghislain Beaumont. Il tenait un pistolet à la main et en menaçait le mercenaire.

—Lâchez la comtesse, dit-il, ou je vous abats comme un chien.

—Vous serez pendu, manant que vous êtes.

Ghislain eut un doux sourire qui stupéfia Athénaïs.

—Dans ce monde, je n'ai pas d'autre choix que de me soumettre ou d'être pendu. Au moins le serais-je pour une juste cause.

Le scélérat arracha brutalement Aglaé des bras de sa mère. La petite se mit à hurler tandis que la comtesse tombait à genoux.

—Pitié ! hurla-t-elle, laissez-la ! Laissez-la vivre ! Elle est toute petite ! Tuez-moi ! Tuez-moi à sa place !

Le bruit du pistolet fit bondir son cœur.

Elle se retrouva debout, Aglaé contre elle. Elle serra Ghislain dans ses bras.

—Vous nous avez sauvées, dit-elle, vous pouvez revenir au château. Je suis sûre que tout le monde vous pardonnera.

Ghislain secoua la tête.

—Comtesse, vous êtes la bonté incarnée, dit-il, mais je doute que Florent me pardonne ma trahison. Il est plus obstiné et rancunier que sa douceur apparente le laisse supposer.

Athénaïs ne répondit pas, mais la lucidité du jeune paysan l'impressionna.

Ils se dirigèrent néanmoins vers le château où ils croisèrent les séides du duc de Mérac qui fuyaient comme des lapins. Dans la cour du château, les résistants triomphaient. En les voyant arriver, Perle prit Florent par la main et le conduisit vers Florent. Ghislain s'agenouilla devant lui.

—Je suis revenu pour implorer ton pardon, dit-il, et pour te demander, si tu me le refuses, de me donner la mort.

Florent leva son épée encore ensanglantée.

—Non !

Sa mère retint son bras.

—Il m'a sauvée ! cria-t-elle, il a sauvé votre sœur. Pardonnez-lui, Florent. Au nom de mon amour et de celui que vous éprouvez pour Perle ! Et pour Josselin ! Pardonnez-lui !

Florent baissa son arme et tendit la main à Ghislain.. Quelques secondes plus tard, ils étaient dans les bras l'un de l'autre.

—Pourquoi es-tu revenu ? demanda Florent.

Il désigna Alix.

—Est-ce pour elle ?

Celle-ci fronça les sourcils. Elle n'aimait guère le ton de Florent.

—Je n'étais pas parti, répondit Ghislain. Je m'étais caché dans les bois. Mère le savait. Quand les troupes du duc sont arrivées, elle est venue me prévenir. J'avais caché un pistolet pour me défendre contre les malandrins et les bêtes sauvages.

Il regarda Alix.

—Je n'aurais pu m'éloigner de la damoiselle qui a ravi mon cœur.

Celle-ci rougit de façon délicieuse.

L'aube se levait sur Méricourt. Il était temps de ramasser les cadavres et d'appeler le prêtre pour qu'il les bénisse avant de les mettre en terre.

Il était plus de midi quand Louve, épuisée, se retira dans sa chambre.

Elle ôta ses vêtements et s'endormit.

Quand elle s'éveilla, une douleur terrible lui cisailla le ventre. Elle tenta de se redresser mais le sang se mit à couler entre ses jambes.

—Alix ! cria-t-elle, au secours !

Son amie arriva quelques secondes après suivie de Lambert et d'Edmond.

Mais Louve savait déjà qu'il était trop tard. Son enfant était mort.

***

Elle pleura pendant deux jours entiers. Lambert ne la quitta pas une seconde, l'écoutant se maudire de son imprudence, regretter amèrement d'avoir voulu se débarrasser de cet enfant.

—Dieu m'a puni, dit-elle.

—Dieu n'est pas si mauvais bougre, répondit Lambert, avec une pointe d'humour. Je ne pense pas qu'il t'ait punie pour une pensée passagère et bien compréhensible.

Il mit un genou à terre et prit la main de sa belle.

—Veux-tu m'épouser ?

Louve hocha la tête, les larmes aux yeux.

—Oui. Oui, je ne désire que cela.

Un tumulte dans la cour attira leur attention.

Louve se redressa du lit dont elle n'était pas sortie durant ces deux jours pour regarder par la fenêtre.

Des hommes en noir étaient entrés dans la cour du château. L'un d'eux se mit à crier :

—Au nom du duc de Mérac, nous sommons le maitre des lieux de nous remettre la nommée Morgane Parlin et le nommé Ghislain Beaumont, coupables d'avoir tué de leurs mains deux de ses hommes !

Thibaud et Athénaïs sortirent du château. D'un ton poli, mais ferme, le comte répondit :

—Dites à votre maitre que je refuse de vous remettre Morgane et Ghislain. Tous deux ont tué pour protéger ma femme et ma fille.

D'un ton menaçant, le messager répondit :

—Votre refus sera lourd de conséquences.

Thibaud s'inclina ironiquement.

—Nous verrons bien !

Dans sa chambre, Louve se tourna vers Lambert. Elle était pâle comme une morte.

—Je dois fuir !

Lambert lui ouvrit les bras. Elle s'y jeta.

—Je viens avec toi.

***

—Je dois partir bientôt, dit tristement Josselin.

Florent et lui étaient seuls dans la vaste salle à manger de Méricourt. Il caressait les cheveux de son aimé assis sur une couverture, devant lui.

—Je sais, répondit courageusement Florent, j'en suis fort triste, mais le service de monseigneur le Régent t'appelle.

Il posa ses mains sur les siennes.

—Je donnerais ma vie pour te retenir ici et je te fais serment que je viendrai avec toi le plus vite possible.

—Peux-tu au moins me faire une faveur ?

Florent leva les yeux vers lui.

—Tout ce que tu désires.

—Accompagne-moi à Saint Malo et passe une nuit avec moi sur ma *Rose.*

Le jouvenceau hocha gravement la tête.

—Voilà une faveur qui me coûte peu.

Leur baiser fut interrompu par l'arrivée de Morgane et Lambert. Celle-ci lâcha tout à trac :

—Josselin, nous venons vous supplier de nous emmener sur votre bateau et de nous offrir la protection des lois maritimes.

Lambert lui prit la main et ajouta :

—Nous aimerions également que vous nous fassiez la faveur, en tant que capitaine, de demander à votre aumônier de bord de nous marier.

Josselin éclata de rire.

—Voilà bien des demandes ! J'accepte avec joie, mes bons amis.

—Vous devriez également emmener Ghislain, dit la voix de Thibaud qui entrait dans la pièce, il risque gros en restant ici. Malgré son affection pour nous, le Régent…

Sa phrase resta en suspens, mais était néanmoins fort claire : le Régent ne ferait pas usage de son pouvoir pour sauver un paysan du gibet.

Pour la première fois de sa jeune existence, Florent entrevit l'injustice du monde où il vivait. Un sentiment d'étouffement pesa un instant sur son cœur.

***

—Je refuse de fuir une nouvelle fois.

Ghislain avait énoncé cette fière sentence sans emphase. Il était debout dans le salon des Méricourt et regardait Josselin.

—Emmenez Louve et Lambert, poursuivit-il, je reste à Méricourt. Le château aura besoin d'être défendu. Et si je meurs pendu au gibet, au moins, ce sera pour une noble cause.

Il n'attendit même pas la réponse de Josselin et sortit. Dans le couloir, il entendit une voix :

—Ghislain !

Alix vint le rejoindre aussi vite que le lui permettait sa robe volante.

—Vous êtes fou, haleta-t-elle, vous risquez votre vie. Fuyez !

Le regard du jeune homme était d'une tristesse infinie quand il répondit :

—Ma vie sans votre amour n'a plus de valeur à mes yeux.

—Ne soyez pas stupide !

La colère d'Alix était telle qu'il sembla à Ghislain qu'elle allait éclater en flammes.

—La vie est tout ce qui nous reste !

Elle se jeta dans ses bras.

—Pour l'amour de moi, Ghislain, fuyez ! Alors, peut-être aurons-nous une petite chance de nous revoir. Mon père va chercher à se venger.

Elle leva ses grands yeux vers lui.

—Méricourt est en danger.

Ghislain hocha la tête.

—Je ne partirai que si vous venez avec moi.

—Je dois rester pour Méricourt !

—Eh bien, je resterai aussi !

—Peut-être pourriez-vous parler un peu plus fort, s'amusa Florent qui venait de passer au bras de Josselin, je ne suis pas sûr qu'à Mérac, le duc ait entendu vos intentions.

Il les couvrit d'un regard attendri.

—Alix, vous aimez cet imbécile qui donnerait sa vie pour vous. Je lui ai pardonné car mon affection est plus grande que ma colère. N'est-ce point votre cas ?

Alix fronça les sourcils, puis sourit.

Deux jours plus tard, Josselin et Florent prenaient la route de Saint-Malo, accompagnés de Louve et Lambert dans la charrette de Lambert.

Le voyage fut agréable, émaillé de pauses dans des auberges sympathiques et d'étreintes fougueuses dans les chambres. Personne ne prêta attention à ces deux hommes qui partageaient la même chambre. Après tout, une bourse plate demande des accommodements…

Ils atteignirent Saint-Malo trois jours après.

CHAPITRE 13

Où Florent découvre enfin la Rose de saint Malo.

Où deux mariages sont célébrés.

Où Josselin lève l'ancre.

La *Rose de Saint-Malo* dansait à l'embarcadère. Le bois de sa coque brillait, tandis que ses trois mats oscillaient au rythme du vent.

Josselin se tourna vers ses amis et ouvrit le bras.

—Mesdames, messieurs, bienvenue ! Comment trouvez-vous la femme de ma vie ?

Spontanément, Florent s'exclama :

—Elle est magnifique !

Louve approuva.

—Elle est merveilleuse. Quel bonheur ce doit être de naviguer sur cette beauté !

Lambert ne dit rien. Même s'il n'avait pu se résoudre à laisser Louve partir seule, il mesurait tout ce qu'il laissait.

Il avait laissé les clés de sa boutique à Edmond Radiguet. Lui seul pouvait poursuivre son œuvre.

Mais combien de temps cet éternel nomade allait-il rester à Bordeaux ? Qu'allait devenir son *herbe folle ?*

Comme s'il avait lu dans ses pensées, Louve lui serra la main. Il sourit.

—La nuit ne va pas tarder à tomber, dit Josselin, si nous allions diner ? Je connais une petite auberge où je suis toujours bien reçu.

Ils se rendirent vers l'auberge de Sabine. Lorsqu'ils entrèrent, l'accorte commerçante devisait avec une jeune femme richement vêtue. Elle pâlit en voyant arriver Josselin et ses amis.

—Jo... Josselin..., balbutia-t-elle.

—Sabine, répondit courtoisement le corsaire, sers-nous un repas et réserve une chambre à mes amis.

Le regard de Florent revenait sans arrêt vers la jeune femme. Quelque chose en elle remuait un souvenir imprécis.

—Florent ! s'exclama-t-elle soudain. Est-ce possible que ce soit toi ?

Elle s'approcha de lui.

—Charlotte ! Je suis ta cousine, la fille de la tante de ton père. Tu te souviens ? Nous nous sommes rencontrés chez elle. Tu avais cinq ans et moi dix !

—Charlotte ! s'exclama Florent. Bien sûr que je me souviens de toi ! Le château de ta mère, près de Carcassonne est un des plus merveilleux souvenirs de mon enfance. Viens que je te présente à mes amis.

Les boucles mordorées de Charlotte encadraient son doux visage et ses yeux noirs brillant de gentillesse. Elle ne possédait pas la rayonnante beauté de son cousin, mais un charme naïf se dégageait d'elle.

—C'est une joie de vous rencontrer, Charlotte, dit galamment Josselin.

Quand Louve s'inclina devant elle, Charlotte éclata de rire.

—Allons, damoiselle, les amis de Florent sont mes amis ! Quand j'étais enfant, je courais dans les bois avec les filles de nos paysans.

Elle fit une grimace comique.

—Hélas, à l'âge de seize ans, j'ai dû faire semblant de m'intéresser à ces jeunes fats, fils des seigneurs voisins ! Aucun n'a remplacé dans mon cœur…

Elle secoua la tête.

—Peu importe. Je n'ai pas encore diné. Me feriez-vous l'honneur de partager mon repas ?

Louve éprouvait un sentiment de malaise. Charlotte était charmante et volubile, mais son attitude lui paraissait outrageusement amicale et sonnait faux.

Elle surprit à quelques reprises, le regard traqué de l'aubergiste qui semblait se poser sur eux.

Oui, cette Charlotte lui déplaisait souverainement. Et ce sentiment se confirma quand Florent et Josselin se retirèrent, prétextant la fatigue du voyage. Lambert et Louve allait en faire autant, quand elle la retint par le poignet.

—J'étais sincère quand j'ai dit que les amis de Florent sont les miens. Mais vous n'êtes et vous ne serez jamais son amie. Votre monde n'est pas le sien et ne le sera jamais.

Elle sourit, urbaine.

—Je vais me retirer, tout comme vous. Dites à Florent de faire attention : beaucoup de personnes aimeraient qu'il disparaisse mystérieusement.

Elle sourit, mais ce sourire n'avait plus rien d'amical.

Quand elle disparut dans l'escalier, Sabine lança d'une voix tremblante :

—Faites attention à cette femme. Elle est diabolique.

***

Quand Florent et Josselin sortirent de l'auberge, le corsaire s'arrêta sur le trottoir.

—Je voulais que tu saches que même si je meurs d'envie de te faire l'amour dans la cabine de ma bien-aimée *Rose,* si tu aspires au sommeil, je le comprendrais.

Il serra son amant contre lui.

—Je veux partir sur l'océan en gardant ton souvenir.

Ils s'embrassèrent passionnément. La nuit tombait sur Saint-Malo.

La cabine du capitaine était simplement meublée. Elle contenait un bureau en bois de cèdre et un grand lit à baldaquins. Il était encombré de trésors rares et de fourrures.

Josselin sortit une cape blanche.

—Je l'ai faite confectionner pour toi, dit-il d'un ton grave.

Son amant la pressa contre lui.

—Elle est merveilleuse !

D'une voix rauque de désir, Josselin demanda :

—Est-ce que tu veux bien te déshabiller et ne porter que cette cape ?

Devant l'étonnement visible de Florent, il expliqua :

—Pendant des jours, j'ai rêvé de toi vêtu ainsi. Je voudrais contempler cette réalité pour voir si elle est aussi belle que mes rêves.

—Et si ce n'est pas le cas ? tenta de plaisanter Florent.

Il avait la gorge serrée.

—Je te jetterai dans l'eau du port, évidemment !

Florent secoua la tête.

—Je crains que plaisanter soit vain.

—Je le crains aussi, répondit Josselin, toutes les plaisanteries du monde ne changeront rien. Demain, dès l'aube, j'appareillerai vers la route de la soie et nous serons encore séparés pour un temps que je redoute de mesurer.

En quelques gestes rapides, Florent se débarrassa de ses vêtements. Il claqua vite des dents et saisit la cape.

Ses yeux verts se plantèrent dans ceux de Josselin. Celui-ci, bouleversé d'amour, tomba à ses pieds.

—Mon Dieu Florent, murmura-t-il, tu es si beau que te regarder me fait mal.

—Relève-toi répondit son amant, je ne veux pas te voir à genoux. Pas toi.

Josselin obéit et le souleva dans ses bras. Il le posa sur le lit.

Allongé sur le pourpre de ses draps, uniquement vêtu de la fourrure de loup blanc, Florent était livré à son désir, comme il l'avait si souvent rêvé.

—Ouvre cette cape, ordonna-t-il.

Florent s'exécuta. Un désir impérieux fouetta le sang du corsaire. Il se pencha pour embrasser son aimé. Avec malice et détermination, celui-ci se frotta contre lui dans le but de lui faire perdre l'esprit. En riant doucement, Josselin s'écarta.

—Doucement, mon bel amour. Nous avons toute la nuit.

Il commença par l'embrasser. Puis doucement, il descendit le long du buste de Florent. Celui-ci gémissait en lui caressant les cheveux.

Quand il arriva au membre viril de son amant, il hésita un instant. La caresse qu'il s'apprêtait à lui prodiguer n'était-elle pas trop audacieuse ?

Il leva les yeux vers Florent qui hocha la tête.

Quand la bouche de Josselin s'empara de lui, il ferma les yeux et s'abandonna.

La nuit était déjà profonde quand le jeune homme ouvrit les yeux.

Même s'il s'était déjà donné à Josselin, pour lui, c'était la première fois. Son corsaire dormait paisiblement à ses côtés.

Il se leva, mit la cape de fourrure et sortit sur le pont.

La lune était pleine, ce soir. Il la regarda un instant.

La lune, l'ami des marins. Elle guiderait Josselin durant les nuits de navigation où il voguerait vers la route magique nommée « route de la soie ».

Comment allait-il supporter d'être encore séparé de son corsaire ?

Un bref instant, il envisagea de tourner le dos à Méricourt et de suivre Josselin. Mais très vite, il sentit les milliers de liens qui l'attachaient à sa terre bordelaise le retenir.

Cette nuit-là, tandis que la mer brillait sous la lueur de la lune, Florent prit la leçon la plus grave de sa jeune existence : l'amour n'est pas l'essentiel de la vie.

La pluie se mit à tomber. Il entra dans la cabine, ôta sa cape et se recoucha. Il s'endormit en quelques secondes.

***

Le soleil se levait à peine quand Louve et Lambert montèrent à bord. Josselin descendit les accueillir. Florent, pâle et muet, sortit de la cabine.

—Tout l'équipage est là, dit Josselin, nous allons pouvoir partir. Mais tout d'abord…

Il se tourna vers Florent.

—L'aumônier est prêt. Veux-tu bien servir de témoin à ces futurs mariés ?

Emu, Florent répondit :

—Ce sera un grand honneur.

***

Les leçons se succédaient pour Florent. Après avoir appris que malgré tout son amour pour Josselin, il était lié à Méricourt, il apprit que la femme la plus sauvage peut se transformer en peste dès qu'il s'agit de son mariage.

—Il n'est pas question que je me marie dans ces vêtements ! s'exclama-t-elle.

Elle était vêtue d'un habit d'homme qui lui avait semblé plus commode pour les jours de navigation qui l'attendaient.

—Je suis d'accord, répondit calmement Josselin, j'ai dans mes bagages quelques vêtements féminins venus de Rio. La mode est charmante pour les dames. Suivez-moi dans ma cabine.

Il ouvrit un grand coffre et en sortit des robes et des parures. Louve poussa un cri d'extase et commença à fouiller.

—Je vous laisse à vos trouvailles, dit Josselin, amusé, retrouvez-nous sur le pont. Ah ! Et ne trainez pas trop.

Tout l'équipage retint son souffle quand Louve en robe blanche confectionnée dans cette étoffe si rare nommée organdi, avec des chaines dorées au cou et aux poignets s'avança vers l'autel. Lambert, en tenue d'apparat, s'inclina devant elle. Florent lui sourit.

—Nous sommes ici pour unir cet homme et cette femme devant Dieu et devant les hommes, déclara l'aumônier. Qui donne cette femme en mariage ?

—Moi, répondit Florent.

Josselin hocha la tête.

—Lambert, voulez-vous épouser Morgane ?

—Oui s'exclama Lambert provoquant les rires de l'assemblée, plus que tout !

—Morgane voulez-vous épouser Lambert ?

D'une voix douce, mais résolue, Louve répondit :

—Oui. Je le veux.

Ils échangèrent les anneaux offerts par Athénaïs.

—Je vous déclare unis par les liens du mariage, conclut l'abbé, vous pouvez vous embrasser !

Tout l'équipage applaudit tandis que les jeunes mariés s'embrassaient.

Josselin se racla la gorge.

—Florent, dit-il, peux-tu t'avancer ?

Etonné, le jouvenceau obéit.

—Mon aimé, dit-il, je suis conscient que notre union n'aura aucune valeur aux yeux des hommes. Mais le regard de Dieu est le seul qui compte. La bonté de l'abbé Bonefoy, mon frère en navigation l'a poussé à accepter de nous unir.

Il mit un genou à terre.

—Florent de Méricourt, veux-tu m'épouser devant tous ces hommes qui n'ouvriront pas leur grande gueule sous peine d'être jetés à l'eau ?

Tous les marins éclatèrent de rire tandis que Florent murmurait :

—Oui, Josselin. Je veux être ton époux.

La cérémonie fut rapide et sans fioritures. Florent et Josselin échangèrent deux anneaux d'argent mais ne s'embrassèrent pas. Tandis qu'ils redescendaient à terre pour se faire leurs adieux, Louve demanda à l'abbé :

—Pensez-vous réellement ne pas commettre de péché mortel en unissant ces deux hommes ?

L'abbé lui sourit.

—Je suis persuadé que Dieu est juste et qu'il approuve cet amour qui les unit.

D'une voix sourde, il ajouta :

—J'ai vu deux matelots recevoir dix coups de fouet puis être abandonnés sur une ile déserte sans eau. Je me suis dit à cet instant que le Dieu de miséricorde ne pouvait pas être aussi cruel pour châtier si rudement deux êtres qui n'avaient commis d'autres crimes que de s'aimer.

Spontanément, Louve l'enlaça et l'embrassa sur sa joue rose.

—Vous êtes un homme bon, dit-elle.

L'abbé lui sourit paternellement.

—Comment puis-je être autrement ? Quelle raison aurais-je de ne pas être bon ?

***

Perséphone attendait son jeune maître avec impatience. Lorsqu'il apparut elle hennit de joie.

Josselin le serra dans ses bras sans l'embrasser.

—Mon jeune époux, lui dit-il gravement, sache que toutes mes pensées iront vers toi. Sache que mon corps te sera voué. Sache que jamais…

—Tais-toi, interrompit Florent, ne dis plus rien. Je ne te demande pas… Je ne te demande rien sauf de me revenir en vie.

Il resta longtemps sur le quai à regarder les voiles de la *Rose de Saint-Malo* danser à l'horizon.

Quand elle disparut, il monta sur Perséphone et quitta Saint-Malo. Les autres chevaux étaient partis plus tôt. Le comte de Méricourt avait payé des mercenaires pour les ramener.

Charlotte de Méricourt le regarda partir, un sourire diabolique aux lèvres.

—Mon très cher cousin, dit-elle à haute voix, une bien mauvaise surprise vous attend à votre cher Méricourt. Votre simulacre de mariage est si ridicule que je ne m'en servirai pas. Je ne le confierai même pas à ma très chère Emilie. Peu importe, mon ami : nous nous reverrons à la cour du Régent.

CHAPITRE 14

Où Florent a effectivement une bien mauvaise surprise.

Où Edmond tient sa promesse.

Où tout le monde se sépare.

Thibaud s'était levé dans la nuit alerté par un bruit. Pourtant, tout était calme à Méricourt.

Ce fut à cet instant que l'incendie se déclencha.

Il aperçut deux silhouettes noires qui s'approchaient de la cheminée. L'un d'eux prit un flambeau.

Thibaud se précipita pour arrêter son geste, mais il sentit un poignard s'enfoncer dans son cœur.

Il s'écroula à l'instant précis où le feu prenait.

Ce fut Aglaé qui donna l'alerte. Réveillée par les odeurs de fumée, elle poussa un grand cri qui éveilla sa mère. Depuis qu'elle a manqué mourir, elles dormaient dans la même pièce.

Athénaïs bondit de son lit, s'habilla à la hâte et sortit dans les couloirs. Le feu n'avait pas encore atteint l'escalier. Elle put descendre, Aglaé dans les bras.

En voyant son mari étendu dans une mare de sang, elle sentit son sang se glacer, mais il n'était plus temps de le sauver. En priant pour que les autres habitants du château s'en sortent, elle courut vers la cloche et sonna aussi fort qu'elle le pouvait.

Quelques minutes s'écoulèrent avant qu'elle vit arriver Edmond.

Alix et Ghislain dormaient ensemble. Il entendit la cloche avant elle. Ils n'eurent que le temps de sauter par la fenêtre.

Ghislain courut jusqu'à la chaumière de sa mère mais il n'en restait plus rien. Elle était morte sans se réveiller, asphyxiée par la fumée, comme les parents de Louve.

Ils se retrouvèrent près de l'étang. Jusqu'au lever du soleil, ils prièrent pour les âmes de Perle et Thibaud.

***

Quand Florent arriva en forêt de Méricourt, il sentit immédiatement l'odeur du feu.

Il piqua les flancs de Perséphone, en proie à un horrible pressentiment.

Son château tant aimé n'était plus que ruines fumantes.

Sa première réaction fut la colère. Puis l'inquiétude. Toute sa famille avait-elle disparu dans l'incendie ?

—Florent ?

Alix surgit du bois, Aglaé dans les bras. Athénaïs la suivait, puis Edmond. Ghislain fermait la marche.

Au soulagement de cette apparition suivit une dramatique évidence.

D'une voix tremblante, Florent demanda :

—Où sont mon père et Perle ?

L'expression dans les yeux d'Athénaïs, les larmes vite essuyées dans ceux de Ghislain donnèrent à Florent toutes les réponses qu'il n'avait pas souhaitées.

—Nous n'avons pas réussi à sauver leurs corps, dit tristement Edmond. Nous vous attendions pour poser deux croix sur les restes…

Il ne put finir sa phrase. Un chagrin sans limites bouleversait les traits de Florent.

—Les restes fumants de Méricourt. Mon père a brulé en même temps que le château qu'il a tant aimé et pour qui il a donné sa vie.

Il regarda Athénaïs.

—Mère, ne pensez-vous pas que mon père…

Comme si elle comprenait ce qu'il disait, Aglaé posa sa petite main sur la joue de son frère.

—Notre père, reprit Florent en souriant, ne souhaiterait pas reposer ailleurs que dans les ruines de Méricourt ?

Athénaïs hocha gravement la tête.

—Je le pense, mon fils. Et il en est de même pour Perle.

Edmond alla chercher deux croix bellement sculptées. Sur un morceau de bois, il avait gravé au couteau :

Thibaud de Méricourt

Comte de Méricourt.

Mort dans l'incendie de son château bien aimé.

Que Dieu l'accueille en son paradis.

Priez pour lui.

Sur l'autre croix, on lisait ce message.

Perle Beaumont.

Morte dans l'incendie de Méricourt.

Que Dieu l'accueille en son paradis.

Priez pour elle.

Florent prit la croix de son père et tendit celle de sa mère à Ghislain.

Ils plantèrent les deux croix et prièrent. Edmond lui dit gravement :

—Votre mère et Alix m'ont demandé de ne pas mettre de dates sur la croix. Elles ont raison : Thibaud et Perle sont toujours là.

Florent ne put qu'approuver. Il sentait l'âme de son père et de Perle dans les moindres ruines de Méricourt, dans la forêt environnante, dans le souffle du vent.

—En attendant, reprit Edmond, inquiet, nous devons nous éloigner d'ici. Athénaïs, j'ai réfléchi. Et avec tout le respect que je vous dois, je pense qu'il n'y a qu'un endroit au monde où Florent et vous serez en sécurité.

Il les regarda tour à tour.

—La cour de son altesse le Régent. Il vous affectionne et vous protégera.

—Que va devenir Alix ? demanda Florent. Et Ghislain ? Et vous ?

—Ils viennent avec nous ! dit spontanément Athénaïs.

Edmond regarda la comtesse.

—Voulez-vous bien m'accorder un entretien, comtesse ?

Il l'entraina un peu plus loin. Les fumées de Méricourt s'étaient éteintes. Il ne restait que les ruines.

—Dame, dit-il, Alix pourrait être reçue à la cour du Régent, mais elle a subi des violences de la part de son père et elle n'est pas prête à affronter… Ce qui s'y passe. Sa beauté lui attirera les convoitises des roués, favoris de son altesse. Qui sait de quelles turpitudes elle sera témoin ? Comment réagira-t-elle ?

En un éclair, Athénaïs vit passer les fêtes, les orgies et les fastes de la cour du Régent.

Edmond avait raison.

—J'ai une idée, reprit ce dernier, et je vais vous l'exposer.

Ils rejoignirent les autres. Florent s'était allongé sur le sol et regardait le ciel.

—Lambert m'a confié sa boutique, reprit Edmond, ce qui est à la fois un grand honneur et une grande chance. J'ai donc élaboré le plan suivant. Comme elle a été séquestrée par son père, peu de gens connaissent Alix à Bordeaux. Nous allons donc nous y installer. Elle y sera Alix Beaumont, l'épouse de Ghislain Lambert, mon employé. Et moi…

Il regarda la jeune fille.

—Je jouerai mon vrai rôle. Je serai votre frère, Alix.

La révélation d'Edmond plongea un instant tout le monde dans la stupeur. Puis, Alix dit :

—Mon… Mon frère ?

Edmond hocha la tête.

—Je suis le fils bâtard du duc de Mérac, l'enfant qu'il a eu avec une bourgeoise bordelaise. Mon père, Charles Radiguet l'a épousée et m'a adopté. Je le considère encore maintenant comme mon vrai père, Alix. Mais si vous le voulez bien, j'aimerais être votre frère.

La pudeur de la jeune fille reprit le dessus. Elle se contenta de glisser sa main dans celle d'Edmond.

—J'ignore si vous pensez emmener Aglaé à la cour du Régent…, commença-t-elle.

Pour la première fois, depuis qu'elle avait découvert le corps sans vie de son mari, la voix d'Athénaïs se brisa.

—Thibaud et moi voulions qu'elle grandisse ici, à Méricourt, comme Florent. Mais…

Elle noya son visage dans ses mains, mais se reprit rapidement.

—Je ne pense pas que la place d'une enfant soit dans cette cour, mais comment faire autrement ?

Ghislain et Alix échangèrent un regard.

—Nous la laisser, dit Alix. Elle grandira à Bordeaux et aura une enfance simple et heureuse.

Sans un mot, Athénaïs lui tendit Aglaé. Quand la jeune fille la prit dans ses bras, elle nicha sa petite tête dans son cou.

—Elle sera notre fille, dit Ghislain.

Edmond sortit une clef de sa poche.

—Je pense qu'il est temps de partir, dit-il, prenez la direction de Bordeaux, tous les deux.

—Les écuries ont été épargnées par le feu, soupira Athénaïs. Nous avons un nombre suffisant de chevaux pour tout le monde.

Florent semblait absent. Il regardait les ruines de son château.

Quand il prit la parole, sa voix était si grave et si résolue que personne ne put douter qu'il pensait chaque mot qu'il prononçait.

—J'ai tout perdu. Mon amour et le château pour lequel je l'ai perdu. Comment vais-je vivre avec cela ?

—Mon fils, dit gravement Athénaïs, nous reconstruirons Méricourt quand le duc de Mérac…

—Quand j'aurai tué le duc de Mérac.

Le silence se fit. Puis, la comtesse reprit la parole.

—Ne croyez-vous pas que le sang a assez coulé ?

—Florent, dit Edmond d'une voix pressante, je veux moi aussi, la mort de cet homme. Mais si vous le tuez maintenant, votre tête sera mise à prix. Et personne ne le souhaite.

Il se tourna vers Alix et Ghislain.

—Partez vite. Je pense que si votre chaumière a brûlé, Ghislain, ce n'est pas un hasard. Ces lâches ont voulu se venger de la fuite de Louve. Je vous rejoindrai. Pour le moment, j'ai encore quelque chose à faire.

Quelques instants plus tard, Alix et Ghislain disparaissaient à l'horizon. Aglaé dormait paisiblement dans les bras de Ghislain.

Athénaïs essuya une larme, mais ne dit rien.

Elle avait fait le choix de se séparer de sa fille et savait qu'elle avait eu raison. Mais la douleur dans son cœur menaçait à tout instant de la broyer.

—C'est notre tour, dit Florent, mère il est temps de partir pour nous aussi.

***

Le soir tombait quand Edmond arriva au lieu de rendez-vous.

Elle arriva quelques secondes après. Un masque en soie recouvrait son visage.

Elle l'enleva.

—Edmond, murmura-t-elle, comme vous m'avez manqué !

La rage qui monta en lui en voyant cette diablesse fut vite dominée par la ruse. Encore une fois, il devait se montrer patient.

—Emilie, répondit-il, vous êtes d'une beauté rayonnante.

Il disait vrai. La blondeur de la jeune femme l'entourait d'un halo lumineux. Ses yeux bleus brillaient d'un éclat presque irréel. Sans perdre sa langueur charmeuse, son corps semblait plus dynamique, plus complet.

Il caressa son petit ventre sous le velours de sa robe.

—C'est votre enfant, murmura la jeune femme.

Un sentiment de triomphe envahit Edmond.

La femme de son odieux père portait sa progéniture. Quelle plus belle vengeance ?

Il la conclut de manière délicieuse en lui faisant l'amour sous le saule pleureur.

Emilie était d'une beauté délicate qu'il appréciait et son ardeur sensuelle le comblait, mais il n'était pas question de tomber amoureux d'elle. Sa vengeance était la seule chose qui lui importait.

Comme il n'avait aucun endroit où dormir, Emilie le fit entrer au château.

***

À Bordeaux, Alix, Ghislain et Aglaé dormaient dans la petite maison de Lambert.

Florent ne dormait pas. Allongé sur le lit de l'auberge où sa mère et lui s'étaient arrêtés, il regardait le plafond en jouant avec la bague que Josselin lui avait passée au doigt.

Leur mariage ne figurait bien sûr, sur aucun registre. Aux yeux des hommes, leur union était inexistante.

Il était intimement sûr que Dieu, au moins, l'approuvait.

Il finit par sombrer dans un sommeil agité.

Quand l'aube se leva, Edmond quitta le château de Mérac après avoir profité une dernière fois du corps d'Emilie.

Alix se réveilla près de Ghislain et se leva pour aller préparer un biberon pour Aglaé qui gazouillait dans son berceau. Sa nouvelle demeure semblait beaucoup lui plaire.

Florent et Athénaïs reprirent leur route.

Elle fut assez tranquille et sans obstacles majeurs, à l'exception de l'inconfort des auberges et des punaises de lit.

Deux jours après, ils entraient dans Paris.

Au loin, flamboyante et chargée de promesses, se dessinait la cour du Régent.

À suivre…

Remerciements

Merci à Sylvie et Noëlle qui, les toutes premières, ont aimé Les Soleils de Méricourt et m'ont convaincue de lui donner sa chance.

Merci aux lecteurs qui ont aimé le tome 1 des aventures de Florent et de ses amis.

Merci à mes amis : Samuel, Sébastien, Fotini, Pierre-Emmanuel, Christophe, Matthieu, Gabriel, Sylvain, Nicky, Karin, Céline, Florence, Stéphanie, Bernard, Catherine, Olivier, Omar, Léon, Houria, Martine et tous ceux qui me soutiennent, rient de mes bêtises, et comme dit l'une d'entre elle, (oui, Fotini, c'est bien de toi que je parle !) suivent mes colorations, mes vêtements, mes lubies, mes cuissardes et accessoirement mes écrits.

Merci à Cherry Publishing et plus particulièrement à Pauline

Merci aux chroniqueuses qui en ont parlé avec pertinence et talent.

Merci aussi à Paul Féval, dont la phrase « comte de Lagardère, seul le roi peut vous faire duc de Nevers » m'a énormément inspirée.

Merci respectueux à Monseigneur le Régent Philipe d'Orléans. Vous fûtes fort maltraité par l'Histoire. J'espère vous avoir rendu justice.

Merci à Fanny Deschamps, Juliette Benzoni et Anne Golon de m'avoir donné le goût des grandes sagas historiques avec des héroïnes au cœur chaud et à la cuisse légère et des héros courageux et fiers.

Merci enfin et surtout à Ded, Scott et Jack ainsi que Sarah, Juliette, Aurélia, Joachim, Laurent et Adrien. Je vous aime.

À suivre :

Tome 3 : Josselin.
Tome 4 : Aglaé.

Vous avez aimé Les Soleils de Méricourt ?

Laissez 5 étoiles et un joli commentaire pour motiver d'autres lecteurs !

Vous n'avez pas aimé ?

♠

Ecrivez-nous pour nous proposer le scénario que vous rêveriez de lire !
https://cherry-publishing.com/contact

Pour recevoir une nouvelle gratuite et toutes nos parutions, inscrivez-vous à notre Newsletter !
https://mailchi.mp/cherry-publishing/newsletter

Printed in Great Britain
by Amazon